W'

万榕

传播新知 优美表达

阳光的三种用法

肖复兴——著

北方联合出版传媒(集团)股份有限公司

万卷出版有限责任公司

ⓒ　肖复兴　　2022

图书在版编目（CIP）数据

阳光的三种用法 / 肖复兴著. — 沈阳 : 万卷出版
有限责任公司, 2023.1
　　ISBN 978-7-5470-6117-6

　　Ⅰ.①阳… Ⅱ.①肖… Ⅲ.①散文集 – 中国 – 当代
Ⅳ.①I267

中国版本图书馆CIP数据核字（2022）第198961号

本书文字作品由中国文字著作权协会授权，电话：010-65978905，
传真：010-65978926，E-mail: wenzhuxie@126.com

出 品 人：王维良
出版发行：北方联合出版传媒（集团）股份有限公司
　　　　　万卷出版有限责任公司
　　　　　（地址：沈阳市和平区十一纬路29号　邮编：110003）
印 刷 者：北京君达艺彩科技发展有限公司
经 销 者：全国新华书店
幅面尺寸：145mm×210mm
字　　数：163千字
印　　张：8
出版时间：2023年1月第1版
印刷时间：2023年1月第1次印刷
选题策划：王会鹏
责任编辑：解　放
责任校对：张希茹
版式设计：任展志
封面设计：任展志
ISBN 978-7-5470-6117-6
定　　价：45.00元
联系电话：024-23224081
邮购热线：024-23224481

目　录

辑一　等那一束光

辑二　总有一些瞬间
　　　　温暖远去的曾经

辑三　人生除以七

辑四 一片幽情冷处浓

辑一　　等那一束光

任何一个你喜欢去的地方，都不是没有缘由的。那是你以往经历中的一种投影，牵引着你不由自主地走到这样一个地方。你永远走不出你命运的影子。那个地方，就是你内心的一面多棱镜，折射出的是以往岁月里的人影和光影。

风中华尔兹

那天的晚上，风很大，公共汽车站上没几个人等车，车好久没有来，着急的人打的早走了，剩下的人有些无奈。这时候，走过来一个姑娘，黑暗中看不清她的面孔，但个头高挑，身材苗条，穿着一条长摆裙子，还是很养眼。但公共汽车并没有因养眼的姑娘的到来而提前进站，等车的人们还在焦急地望眼欲穿，有人在骂街了。

不知这位高个的姑娘是刚逛完商厦，还是刚赴完晚宴，或是刚刚下班，总之，她显得神情愉悦，一点儿也不着急，竟然伸展修长的手臂，在站牌下转了两圈。是几步华尔兹，风兜起她的长裙，旋转成了一朵盛开的花，汽车站仿佛成了她的舞台。

这一幕，留给我的印象很深，记得那一晚的站牌下，对这位突然情不自禁地跳起华尔兹的姑娘，有人欣赏，有人侧目，有人悄悄说：神经病！我当时想，同样的夜晚，同样的大风，同样的焦急，姑娘在自娱自乐之中化解焦虑的华尔兹，舞出的是本事，不也是一种平和的心态吗？

有一天，我路过我家附近不远的一个小区，小区的大门口有一间不大的收发室，收发室的窗前挂着一块小黑板，黑板上密密麻麻地写着几门几号有挂号信，几门几号有汇款单，无论是阿拉伯数字，还是汉字，都写成斜体的美术字，分外醒目。一笔一画，一丝不苟，写得正经不错。走过那么多的小区，还从没见过哪里的收发室前的小黑板上有这样好看的美术字呢。

有意思的是，我看见收发室里坐着一个小伙子，正拿着笔，正襟危坐，往纸上写着什么。好奇心驱使我走了过去，和小伙子打招呼，一看他正在练美术字，双线镂空的美术字，满满地写在了一张废报纸上。我夸他写得真好，他笑着说天天坐在这里没事，练练字解闷呗！

其实，解闷的方法有多种，喝喝小酒，看看电视，下下棋，都可以解闷。小伙子选择了写美术字，即使往小黑板上写邮件通知，也要用美术字写得那样整齐，那样好看，就像学校里出板报一样正规。我对这个小伙子心生敬意，因为并不是什么人都有他这样的本事，能够将日常琐碎的事情做得如此赏心悦目，让自己看着，也让别人看着，那么舒服。

曾经在网上看到浙江湖州一位叫李云舟的小伙子，和我见过的这个小区用美术字写黑板的收发室小伙子，有异曲同工之妙。李云舟是一个小区的保安，他向他的主管提了好多建议，都没有被采纳，一气之下，不干了。不干了，他的辞职信写得不同一般，竟然是用文言文的赋体形式写成。你可以说他怀才不遇，你也可以指出他的确有这样那样的毛病，但你不得不承认，那赋古风悠悠，洋洋洒洒，有典故，有文采，还有他抑制不住的心情，或者有那么一点自尊和自命不凡。于是，这篇赋体的辞职信迅速在网上走红，而李云舟被称为"湖州第一神保"。也可以这样说，这是中国第一赋体的辞职信呢，简称"中国第一赋辞"。

生活中，并不是每天都会下雨，也不是每晚都有星星；花好月圆总是属于少数人，月白风清总是属于幸运儿。大多人，大多日子，却是庸常琐碎、寡淡无味，甚至会有许多苦涩和不如意，怀才不遇的折磨会更多。能够如这两位小伙子，即使写再平常不过的邮件通知，也要写成与众不同的斜体美术字；即使写再卑微不过的辞职信，也要写成一唱三叹的赋体。我想，这也许就是我们常常说的一种对生活的态度吧。是古诗里说的：行到水穷处，坐看云起时；是罗大佑唱过的：胜利让给英雄们去轮替，真情要靠我们凡人自己努力；是那位大风里候车的姑娘，将生活化为了华尔兹，让哪怕是滋生出来那一点点的艺术，也会有一点点快乐，温暖我们自己的心吧！

大理看花

　　在植物中，我崇敬微小的，因此，一直以为草比树好看，花比草好看。到了云南，在昆明看花，比在北京好看；到大理看花，又比昆明好看。细琢磨一下，或许是有道理的。人靠衣服马靠鞍，花草虽小，却也是需要背景来衬托的。远离大自然，它们来到城市，不会像我们人一样挑挑拣拣，但是，城市的背景却会在有意无意间衬托出它们不同的风姿。说是一方水土养一方人，其实，也是一方水土养一方花。

　　老城昆明，除了翠湖一带，还能依稀看到老模样，其他地方如今已被拆得七零八落。大理，毕竟还保留着古城，而且四围有苍山洱海的衬托，上下关之间有白族老村落相连，乡间和自然的气息挡不住，同样的花，在这里便呈现出不一样的风采。所谓石不可言，花能解语呢。

车还没进大理古城，头一眼便看到城墙外有一家叫作"小小别馆"的小餐馆，墙头攀满三角梅，开得正艳。三角梅，在云南看得多了，但这一处却印象不同。餐馆是旧民居改建而成。在白族特有白墙灰瓦的衬托下，三角梅不是栽成整齐的树，或有意摆在那里做装饰，而是随意得很，像是这家的姑娘将长发随风一甩，便甩出了一道浓烈的紫色瀑布，风情得很。

　　和老北京一样，大理老城以前是把花草种在自家院子里的，除了三角梅，种得更多的是大叶榕和缅桂花。缅桂花就是广玉兰，白族民歌爱唱："缅桂花开哟十里香……"大叶榕是白族院子里的风水树，左右各植一株，分开红白两色，被称为夫妻花。如今，进了大理古城，中心大道复兴路两边的街树都是樱花，显然是最近后种的，与大理不搭，或者说是混搭。大理市花是杜鹃，沿街种杜鹃才对。当然，看大理杜鹃，要到苍山，看那种雪线上的高山杜鹃，红的、粉的、白的、黄的，五彩缤纷，铺铺展展，漫山遍野，让大理有了最能代表自己性格和性情的花的背景。这大概是别的古城都没有的景观。

　　如今，去大理古城，摩肩接踵，人满为患。其实，离大理古城不远，还有一座古城，叫喜洲，也隶属大理，去的人不多，还保留着难得的属于20世纪的古老和清幽。喜洲古镇没有大理古城大，却是大理商业的发源地，可以说是，先有的喜洲古镇，后有的大理古城。古丝绸之路兴起时，云南马帮号称有四大帮，其中之一便是喜洲帮。他们来自遥远的南亚乃至中东，从喜洲进入大理，将最早的资本主义种子带进大理萌芽开花。

所以，大理最有钱的人，不是在大理古城，而是都出自喜洲；大理最气派而堂皇的白族院落，不是在大理古城，而是都在喜洲。当然，大理最漂亮而风情万种的花，也应该是在这里。

喜洲古镇城北之外，有一座坐西朝东的院落。这是号称"喜洲八大家"之一杨家的老宅。喜洲还有四大家，是喜洲最有名最富有的人家，八大家略逊一筹，因此，它被挤在城外。想是当年喜洲城盖房大热，和我们现在一样，商业带动房地产开发，城里没有了地皮，便扩城从而延伸到城外。即便如此，杨家大院也非同一般，四重院落，前两院住人，第三院是马厩，最后一院是花园。可惜的是，后花园早被毁掉，现在栽种的都是后来补种的花卉，笔管条直，如同课堂里的小学生，缺少了点儿生气。

后花园院墙上有开阔的露台，爬上去，前可以眺望洱海，后可以眺望苍山，视野一下子开阔。坐在露台上品普洱茶，忽然看见杨家院墙满满一面墙，开满着爆竹花。这种花，花朵硕大，像爆竹，被白族人称为爆竹花。这种花呈明黄色，在所有花中，颜色格外跳，十分艳丽。满满一面墙的爆竹花，在夕照映衬下，像一列花车在嘹亮的铜管乐中开来，让整个院子都像燃烧了一样。这是我见到的最不遮掩最奔放的花墙了。

离开喜洲古镇前，在一家很普通的小院的院墙前，看到爬满墙头的一丛丛淡紫色的小花。叶子很密，花很小，如米粒，呈四瓣，暮霭四垂，如果不仔细看，很容易忽略。我问当地的一位白族小姑娘这叫什么花。她想了半天说，我不知道怎么说，用我们白族话的语音，叫作"白竺"。这个"竺"字，是我写下的。她也不知道应该是哪个字更合适。不过，她告诉我，这种花虽小，却也是白族人院子里常常爱种的。白族人爱种的花，可是真不少。小姑娘又告诉我，白族人的这个"白竺"，翻译成汉语，是希望的意思。

这可真是一个吉祥的好花名。

面包房

那时，我的孩子小，还没有上小学。晚上，我有时会带着他到长安街玩，顺便去买面包或蛋糕。长安街靠近大北窑路北，有家面包房，不大，做的法式面包和黑森林蛋糕非常好吃。关键是，一到晚上七点之后，所有的面包和蛋糕，包括奶油气鼓、苹果派、核桃排，品种很多的甜点，一律打五折出售，价钱便宜了整整一半。当我和孩子发现了这个秘密后，这家面包房便成了我们常常光顾之地，对于馋嘴的孩子，这里如同游戏厅一样充满诱惑。

那时，售货员常常只剩下了一个人值班，坚守到把面包和蛋糕都卖出去。这是一个年轻姑娘，顶多二十三四岁的样子，有点儿胖，但圆圆的脸蛋，大眼睛，还是挺漂亮的。每次去，几乎都能够碰见她，孩子总要冲她阿姨阿姨叫个不停，我要买这个！我要买那个！静静的面包房，因为我们的闯入，一下子热闹起来。她站在柜台里，听孩子小鸟闹林一般叫唤不停，静静地望着孩子，目光随着孩子一起在跳跃。

渐渐地，彼此都熟了。我们进门后，她会笑盈盈地对我们说："今天来得巧了，你们爱吃的'黑森林'还有一个没卖出去，等着你们呢！"或者，她会惋惜地对我们说："'黑森林'卖没了，这个'巧克力慕斯'也不错，要不，你们可以尝尝这个绿茶蛋糕，是新品种。"一般，我们都会听从她的建议，总能尝新，味道确实很不错。花一半的钱，买双倍的蛋糕或面包，物超所值，还有这样一个和蔼可亲又年轻漂亮的阿姨，孩子更愿意到那里去。

有时候，我们来得早了点，她会用漂亮的兰花指指着墙上的挂钟，对我们说："时间还没到呢！"屋子不大，这时候客人很少，有时根本没有，她就让我们在仅有的一对咖啡座上坐一会儿，严守时间。等到挂钟的时针指向七点的时候，她会冲我们叫一声："时间到了！"孩子会像听到发号令一样，先一步蹿上去，跑到柜台前，指着他早就瞄准好的蛋糕和面包，对她说要这个！她总是笑吟吟地看着孩子，听着孩子麻雀一样叽叽喳喳地叫个不停，然后用夹子把蛋糕和面包夹进精美的盒子里，用红丝带系好，在最上面打一个蝴蝶结，递到我们的手里，道声再见后，望着我们走出面包房。有一次，她有些羡慕地对我说："这孩子多可爱呀，有个孩子真好！"

面包房伴孩子度过了童年，在孩子小学三年级的时候，那一年的暑假，我们去面包房几次，都没有见到她。新来的售货员一样很热情，买好蛋糕和面包，走出面包房，孩子悄悄地问我："怎么那个阿姨不在了呢？会不会下岗了呀？"那时，他们班上好几个同学的家长下岗，阴影覆盖在同学之间，孩子不无担心。面包房里这个好心漂亮的阿姨，是看着他长大的呀。

下一次来买面包的时候，我问新来的售货员原来总值晚班的那个胖乎乎的售货员哪儿去了，怎么好长时间没见了。新售货员告诉我："她呀，生孩子，在家休产假呢！"不是下岗，孩子放心了。那天，多买了一个全麦的面包，里面夹着好多核桃仁，嚼起来，很香。

等我再见到她，大半年过去了，孩子已经升入四年级，一个学期都快要结束了。我对她说，听说你生小孩了，祝贺你呀！她指着我的孩子说："这才多长时间没见，您看您这孩子长这么高了！什么时候，我那孩子也能长这么大呀！"我开玩笑对她说："你可千万别惦记着孩子长大，孩子真的长大，你就老喽！"她嘿嘿地笑了起来说："那也希望孩子早点儿长大！"

时光如流，一转眼，我的孩子到了高考的时候，功课忙，很少有时间再和我一起去面包房，偶尔去一趟，仿佛是特意陪我一样。特别是考入大学，交了女朋友之后，晚上要去的地方很多，比如图书馆、咖啡馆、电影院、旱冰场、大卖场等，面包房已经如列车飞快驰过后掠在后面的一棵树，属于过去的风景了。只有我常常晚上不由自主地转到长安街，拐进面包房。

这期间，面包房搬了一次家，从东边往西移了一下，不远，也就几百米的样子，门口装潢一新，还有霓虹灯闪耀。里面稍微大了一些，但还是很局促，不变的是，值晚班的还常常是这个胖乎乎的姑娘。我是总这样叫她姑娘，其实她已经变成了一位中年妇女了。没变的，是蛋糕和面包的味道，还保持着原有的水平，只是价钱悄悄涨了几次。

有一天，我去面包房，见我又只是一个人，她替我装好蛋糕和面包，问我："您的孩子怎么好长时间没跟您一起来了？"我告诉她孩子上大学了。她点点头，然后笑着对我说："等再娶了媳妇就忘了爹娘，更不会跟您一起来了呢！"我也跟着一起笑了起来。回家见到孩子后，我把她的话告诉给孩子听，孩子一下子很感动，对我说："您说咱们不过只是到她那里买打折的面包和蛋糕，这么长时间了，她还能记得我，这阿姨真的不错！"我也这样认为，世上人来来往往，多如过江之鲫，莫说是萍水相逢了，就是相交很长时间的老朋友，有的都已经淡忘，如烟散去，何况一个面包房和你毫无关系的姑娘！

星期天，孩子专门陪我一起去了一趟面包房，一进门叫声"阿姨"，她抬头一望，禁不住说道："都长这么高了！"又说你要的"黑森林"今天没有了。孩子说没关系，买别的。然后，两个人一个挑蛋糕和面包，一个往盒子里装蛋糕和面包，谁都没再说什么，但他们彼此望着，很熟悉，很亲近，那一瞬间，仿佛一家人。那种感觉，是我来面包房那么多次，从来没有过的。

有时候，我会问自己：一个人，一辈子要走的地方很多，去的场所很多，一个小小的面包房，不过是你生活中偶然的邂逅，为什么会让你涌出了这样亲近、亲切又温馨的感觉？其实，哪怕是一棵树，和你相识熟了，也会有这样的感觉的，何况是人，因为熟悉了，又是彼此看着长大，在岁月的年轮里，融入了成长的感情，面包和蛋糕里便也就融入了感情，比巧克力奶油慕斯或起司的味道更浓郁。

孩子大学毕业就去了美国留学，孩子走后，我很少去面包房。倒不是家里缺少了一只馋嘴的猫，少了去面包房的冲动，更主要的是自己也懒了，老猫一样猫在家里，不愿意走动，其实就是老了的征兆。那天，如果不是老妻要过本命年的生日，我还想不起面包房。生日的前一天，我对老妻说："我去面包房买个蛋糕吧！"才想起来，孩子去美国几年，就已经有几年没有去过面包房了，日子过得这么快，一晃，七年竟然如水而逝。

那天晚上，北京城难得下起了雪，雪花纷纷扬扬的，把长安街装点得分外妖娆。老远就能看见面包房门前的霓虹灯在雪花中闪闪烁烁眨着眼睛，走近一看，才发现门脸新装修了一番，门东侧的一面墙打开，成了一面宽敞明亮的落地窗。进去一看，今天难得的热闹，竟然有三个漂亮年轻的女售货员挤在柜台前，蒜瓣一样紧紧围着一个二十来岁的姑娘，叽叽喳喳说得正欢。扫了一眼，没有找到我熟悉的那个胖乎乎的售货员。因为去的时间早，还有十来分钟到七点，我坐在一旁，边等边听她们说话。听明白了，这个姑娘和我一样，也是等七点钟买打折蛋糕的。还听明白了，是给她的妈妈买生日蛋糕的。又听明白了，她的妈妈就是面包房里那三位女售货员的同事，她们其中的两位是从面包房后面的车间特意跑出来，聚在一起，正在帮姑娘参谋，让她买蛋糕之后再买几个面包，并对小姑娘说："你妈妈在这里工作了这么多年，都是值晚班卖打折的面包和蛋糕，自己还从来没买过一回呢！你得多买点儿！"

七点钟到了，我走到柜台前，玻璃柜里只有一个"黑森林"蛋糕，一位售货员对我说："对不起，这个蛋糕已经有主儿了！"她指指身边的姑娘。我说那当然！然后，我对姑娘说："你妈妈我认识！"姑娘睁大一双大眼睛，奇怪地问我："您认识我妈妈？"我肯定地说："当然！"小姑娘更加奇怪地问："您怎么认识的？"我笑着对她说："回家问问你妈妈就知道了！就说一个常常带着一个孩子来这里买蛋糕和面包的叔叔，祝她生日快乐！"她还是有些疑惑，也是，几十年的岁月是一点点流淌成的一条河，怎么可以一下子聚集在一杯水里，让她看得清爽呢？我再次肯定地对她说："你回家和你妈妈一说，你妈妈就会知道的！"

姑娘买好蛋糕和面包，走出面包房，身影消失在风雪之中，我转身问那三个售货员："她的妈妈是不是你们面包房里那个胖乎乎的售货员？"她们都惊讶地点头，问我："您是她以前的老师吧？"我笑而不答。她们告诉我她今年刚刚退休。这回轮到我惊讶了："这么早？她才多大呀！"她们接着说："我们这里50岁退休。"竟然50岁了！就像她看着我的孩子长大一样，我看着她的青春在面包房里老去，生命的轮回在我们彼此的身上，面包房就是见证。

丝瓜的外遇

　　那天，到菜市场买了几条丝瓜，因为已经买了好多的菜，手里拿着满满的好几个兜子，给小贩交完钱，提着菜兜转身就走了。等到晚上做饭的时候找丝瓜，才想起来放在菜摊上忘记拿了。

　　几条丝瓜，没几个钱，但第二天到菜市场去买菜时，忽然想到那个菜摊前问问，看看菜贩兴许好心地帮我收起了丝瓜，守株待兔等着我回去取。走到那个菜摊前一问，菜贩摇摇头，一脸无辜的茫然。我向他道了谢，转身走了，这事本来怨我而不怨他，不见得就一定是他将几条丝瓜"迷"了起来，也可能是别人顺手牵羊拿走了丝瓜。买菜的人来人往，菜经他的手各种各样，他哪里顾得过来这几条小小的丝瓜？

　　也是退休后无所事事，那一刻，脑子里忽然冒出这样一个念头，就在这个每天都喧嚣热闹的菜市场，做个小小的试验。便找了三家菜摊，各买了三条丝瓜，然后，交完钱，都放在了菜摊前那一堆有青有绿有红的蔬菜堆里，转身就走了。我想明天再去菜市场，看看这三家菜摊，会有哪家能够看到了我忘在菜摊上的丝瓜，替我保存，等着我回去取；或是，哪家都没有了丝瓜，只剩下今天看到的那个菜贩的一脸无辜的茫然。小小的丝瓜，会是一张 pH 试纸，能够试探出人心薄厚和人情暖凉呢。

第二天，我去了这三家菜摊，两家，没有了丝瓜，只有茫然；一家的菜贩却没等我问话，就从菜摊下面提出了装着那三条丝瓜的塑料兜，笑吟吟地递给我。

应该说，试验的结果，还算不坏，2：1，毕竟没有让人完全失望，九条丝瓜没有全部不翼而飞，留下了三条，锚一样，还沉稳地留在了水底，缆住了小船没有被风浪吹走，不知所踪。

不过，有意思的是，这家替我保存住"遗忘"的丝瓜的菜贩，是我认识的，我常常到他那里买菜，特别是西红柿，我都会到他那里买，因为彼此熟了，他会连问都不用问我，直接从西红柿筐里替我挑最好的给我。有时候，差个几分钱几角钱，他也会抹去零头，甚至忘记了带钱或者钱不够了，他会让我赊着，明天来买菜时再带给他。

我在想，如果不是我们已经很熟识了，他会为我保存下这三条丝瓜吗？

我又想，以前老北京，几乎每条胡同都会有一家菜摊或菜店，因为都是街里街坊的，无论卖菜的，还是买菜的，每天低头不见抬头见，彼此都熟悉得不能再熟悉了，别说是买了菜忘在菜摊或菜店里了，就是你把别的东西甚至钱包忘在那里了，一般回去都会找得到的，菜摊或菜店里的人都会替你保管好。这原因其实也很简单，因为在一条街上，大家都认识，彼此的信任和信誉，以及常年积累起来的感情，比贪一点儿小便宜要重要得多。所以，那时候，尽管物资匮乏，大家都不富裕，但很少会出现缺斤短两或假冒伪劣之类的欺诈。对比那时农耕时代的商业模式，如今琳琅满目的菜市场，发展了好多，也流失了好多东西。其中流失最多的，就是买卖之间的那种邻里之间的人情味。

我将自己这样的想法，对那位替我保存丝瓜的菜贩说了，他笑笑对我说："人情味，也不是说现在就没了，你们买菜的看得起我们，我们卖菜的自然就会高看你们一眼。这东西，就像脚上的泡，走得日子多了，自然就长出来了。你说，那几条丝瓜能值几个钱？"

他说得有道理，丝瓜不过只是人情味的一种外化，是彼此心情的一次外遇。

阳光的三种用法

　　童年住在大院里，都是一些引车卖浆者流，生活不大富裕，日子各有各的过法。

　　冬天，屋子里冷，特别是晚上睡觉的时候，被窝里冰凉如铁，家里那时连个暖水袋都没有。母亲有主意，中午的时候，她把被子抱到院子里，晾到太阳底下。其实，这样的法子很古老，几乎各家都会这样做。有意思的是，母亲把被子从绳子上取下来，抱回屋里，赶紧就把被子叠好，铺成被窝状，留着晚上睡觉时我好钻进去，被子里就是暖乎乎的了，连被套的棉花味道都烤了出来，很香的感觉。母亲对我说："我这是把老阳儿叠起来了。"母亲一直用老家话，把太阳叫老阳儿。"阳儿"读成"爷儿"音。

　　从母亲那里，我总能够听到好多新词。"把老阳儿叠起来"，让我觉得新鲜。太阳也可以如卷尺或纸或布一样，能够折叠自如吗？

在母亲那里，可以。阳光便能够从中午最热烈的时候，一直储存到晚上我钻进被窝里，温暖的气息和味道，让我感觉到阳光的另一种形态，如同母亲大手的抚摸，比暖水袋温馨许多。

街坊毕大妈，靠摆烟摊养活一家老小。她家门口有一口半人多高的大水缸。冬天用它来储存大白菜，夏天到来的时候，每天中午，她都要接满一缸自来水，骄阳似火，毒辣辣地照到下午，晒得缸里的水都有些烫手了。水能够溶解糖、溶解盐，水还能够溶解阳光，这大概是童年时候我最大的发现了。溶解糖的水变甜，溶解盐的水变咸，溶解了阳光的水变暖，变得犹如母亲温暖的怀抱。

毕大妈的孩子多，黄昏，她家的孩子放学了，毕大妈把孩子们都叫过来，一个个排队洗澡，她用盆舀的就是缸里的水，正温乎，孩子们连玩带洗，大呼小叫，噼里啪啦的，溅起一盆的水花，个个演出一场哪吒闹海。那时候，各家都没有现在普及的热水器，洗澡一般都是用火烧热水，像毕大妈这样的法子洗澡，在我们大院是独一份。母亲对我说："看人家毕大妈，把老阳儿煮在水里面了！"

我得佩服母亲用词的准确和生动，一个"煮"字，让太阳成了我们居家过日子必备的一种物件，柴米油盐酱醋茶，这开门七件事之后，还得加上一件，即母亲说的老阳儿。

真的，谁家都离不开柴米油盐酱醋茶，但是，谁家又离得开老阳儿呢？虽说如同清风朗月不用一文钱一样，老阳儿也不用花一分钱，对所有人都大方而且一视同仁，而柴米油盐酱醋茶却样样都得花钱买才行。但是，如母亲和毕大妈这样将阳光派上如此用法的人，也不多。这需要一点智慧和温暖的心，更需要在艰苦日子里磨炼出的一点本事，这叫作少花钱能办事，不花钱也能办事，阳光才能够成为居家过日子的一把好手，陪伴着母亲和毕大妈一起，让那些庸常而艰辛的琐碎日子变得有滋有味。

对于阳光，大人有大人的用法，我们小孩子也有小孩子的用法。我家的邻居唐伯伯是个工程师，他家有个孩子，比我大两岁，很聪明，就算喜欢招猫逗狗，也总爱别出心裁玩花活儿。有一次，他拿出他爸爸用的一个放大镜，招呼我过去看。放大镜，我在学校里看见过，不知他拿它玩什么新花样。我走了过去，他在放大镜底下放一张白纸，用放大镜对着太阳，不一会儿，纸一点点变热，变焦，最后居然烧着了，腾地蹿起了火苗，旋风一般把整张白纸烧成灰烬。

又有一次，他拿着放大镜，撅着屁股，蹲在地上，对准一只蚂蚁，追着蚂蚁跑，一直等到太阳透过放大镜把那只蚂蚁照晕，爬不动，最后烧死为止。母亲看见了这一幕，回家对我说："老唐家这孩子心这么狠，小蚂蚁招他惹他了，这不是拿老阳儿当成火了吗？你以后少和他玩！"

有时候，小孩比大人更心狠，小孩子家并不都是天真可爱。

美丽的手语

　　我第一次发现手语竟那么美，是六年前的秋天，在上海看中国残疾人艺术团的演出。那些聋哑的男孩女孩，站在舞台上，英姿飒爽，是那样的漂亮。尽管他们说不出一句话来，那无限丰富的表情与表达，却都倾诉在他们手指间的变化之中。他们的手指带动整个手臂舞动着，是那样轻盈，充满韵律。我想起风中的树林，那一排排树木摇曳多姿的枝条和尽情摇摆着的树叶，只有它们像是他们美丽的手语。

　　还有就是麦尔民（M.Nermin），一位漂亮的土耳其中年女人，她站在这些可爱的孩子旁边，为孩子们用手语报幕。她的手语，也是那样漂亮，婀娜多姿，灵舞轻扬，和聋哑孩子们相得益彰，像是此起彼伏的浪花，彼此呼应着，富于律动。

　　那是在伊斯坦布尔。

也许，是我的见识有限，在此之前，我从来没有见过手语竟然也可以这样漂亮迷人，是他们把手语化为了艺术。

第二天晚上演出前，在餐厅里，我意外见到了麦尔民。她端着餐盘正好坐在我的旁边，便聊了起来。我知道了她是土耳其TRT国家电视台手语节目的主持人，在土耳其非常有名，类似我们的敬一丹。她告诉我，在九岁之前，她一直以为手语就是人的唯一语言，因为那时在远离伊斯坦布尔的农村，和她的父母生活在一起，她的父母是聋哑人，她从小和父母学习手语，就是靠手语来和外界联系，并认知世界。九岁，她上小学，才知道在这个世界上居然还有一种有声音的语言，她自己学会了这种对于她来说新鲜的语言。她才知道世界远比自己想象的丰富，而聋哑人也远比她想象的要多。中学毕业后，她没有上大学，直接参加了工作，她希望用自己的手语为聋哑人服务，她做过医生和律师，无一不是奔走于聋哑世界的。二十五岁那一年，她发现电视中没有专门的聋哑节目，只是偶尔在电视屏幕的一角出现手语的解说，而且一般只是新闻节目中才有。她希望填补这个空白，便给电视台的台长发去一份传真。如我们这里的许多事情一样常常是渺无回音，但是，她没有灰心，每周准时发去一份传真，一发发了五年，始终没有回音。她知道传真可能是石沉大海，却也相信能够水滴石穿。往来千里路常在，聚散五年人不同。再发，依然是每周一份传真，一直发到心诚则灵、石头开花，一直发到电视台来了一位新台长，感动并同意了她执着的想法。她成为土耳其国家电视台第一位也是唯一一位手语节目的主持人。

她告诉我她在电视台整整干了十年。她又对我说在土耳其有三百万聋哑人，也就是说不到二十个人里就有一个是聋哑人。她要做的就是让这个喧嚣的世界不要忘记他们，而给予他们更多的关爱。这时，她的手机响了，接过手机之后，她匆忙地站起身来，对我说："真抱歉，我的妈妈来了，在剧场门口等我。"她的妈妈是专门来看今晚的演出的。

我和她一起走出餐厅，急急地向剧场走去。我很想看看她的聋哑妈妈是什么样子的。她远远地就看见了她的妈妈，跑了过去，那是一个慈祥的胖老太太，我想年轻的时候和她一样漂亮吧？我站在旁边，看她们母女俩用手语交谈着，大概是在介绍我，一个不期而遇的中国朋友。在迷离的灯光下，她们的手语像波浪一样起伏着，像树枝一样摇曳着，无声而温馨，真的很美。如果在此之前说人的手指和手臂也有脸上的笑靥和眼睛里的笑意一样动人，我是不大相信的，但现在我不仅相信了，而且觉得手语真是在丰富着人类的表情与语言，甚至相信我们现代的舞蹈语汇肯定从手语中汲取过营养，否则肢体语言不能够与聋哑人的手语有那样相似和延伸。她说在土耳其有三百万聋哑人，我不知道在我们中国有多少聋哑人，我知道在我们中国没有一个聋哑人的专门节目，我们的聋哑主持人只能在越来越大的电视屏幕上偏于一隅。

最后一场演出结束的时候，我看见麦尔民走下舞台，远远地和台上的聋哑孩子们招手，打着手语，相互致意，迟迟不肯分离。在聋哑人之间，手语成了不用翻译的国际语言，能够迅速地沟通陌生而遥远的心。虽然，麦尔民和那些聋哑孩子的手语我什么也看不懂，但他们彼此之间却会心会意，即使隔着再远的距离，那美丽的手语也如同轻盈的鸟一样，能够迅速地从那个枝头飞落在这个枝头，衔接起彼此的情义。那是有声的语言无法比拟的。

藤萝架下

　　一个人喜欢去的地方，和喜欢的人一样，带有命定的元素，是由你先天的性情和后天的命运所决定的。朗达·拜恩在他的著作《力量》中，从物理学的角度解释这一现象时说："每个人身边都有一个磁场环绕，无论你在何处，磁场都会跟着你，而你的磁场也吸引着磁场相同的人和事。"

　　应该在"人和事"后面，再加上"景"或"地"。这种宇宙间的强力磁场，是人与地方彼此吸引和相互选择的结果。因此，每一个人都有自己的心灵属地。对于伟大的人，这个地方可以很大，比如郑和是西洋，哥伦布是新大陆。而如老舍，则是北京城；帕穆克，则是伊斯坦布尔。对于我们普通人，这个地方却很小。对于我，便是天坛之内，再缩小，到藤萝架下；然后，再缩小，直至这一个藤萝架下。

这是一个白色的藤萝架，在丁香树丛的西侧，月季园的北端。天坛有不少藤萝架，分白色和棕色两种，我觉得还是白色的好，春末时分，藤萝花开，满架紫色蝴蝶般纷飞，白色的架子衬托下，更加明丽。藤萝花谢，绿叶葱茏，白色的架子和绿叶的色彩搭配也谐调，仿佛相互依偎，有几分亲密的感觉，共同回忆花开的缤纷季节。冬天，如果有雪覆盖藤萝架，晶莹的雪花，把架子净身清洗过一样，让架子脱胎换骨，白得变成水晶一般玲珑剔透。

一年四季，我常到这里来，画了四季中好多幅藤萝架的画，画了四季中好多藤萝架下的人。它是我在天坛里的心灵属地。

记忆中，童年到天坛，没有见过这个藤萝架。其实，童年我没见过任何一个藤萝架。

第一次见到藤萝架，是我高三毕业那一年，报考中央戏剧学院，初试和复试，考场都设在校园的教室和排练厅里。校园不大，甚至没有我们中学的大，但是，院子里有一架藤萝，很是醒目。正是春末，满架花开，不是零星的几朵，那种密密麻麻簇拥在一起的明艳紫色，像是泼墨的大写意，恣肆淋漓，怎么也忘不了。春天刚刚过去，录取通知书到了，紧跟着"文化大革命"爆发，一个跟头，我去了北大荒。那张录取通知书，舍不得丢，带去了北大荒。带去的，还有校园里那架藤萝花，开在凄清的梦里。

第二次见到藤萝架，是我从北大荒刚回到北京不久，到郊区看望病重住院的童年朋友，一位大姐姐。一别经年，没有想到再见时，她已经是瘦骨嶙峋，惨不忍睹。在童年的印象中，她长得多么漂亮啊，街坊们说像是从年画上走下来的人。不知道是童年的记忆不真实，还是面前的现实不真实，我的心发紧发颤。我陪她出病房散步，彼此说着相互安慰的话——她病成这样，居然还安慰我，因为那时我待业在家，还没有找到工作。医院的院子里，有一个藤萝架，也是春末花开时分，满架紫花，不管人间冷暖，没心没肺地怒放，那样刺人眼目，扎得我心里难受。紫藤花谢的时候，她走了。走得那样突然。

是的，任何一个你喜欢去的地方，都不是没有缘由的。那是你以往经历中的一种投影，牵引着你不由自主走到了这样一个地方。你永远走不出你命运的影子。那个地方，就是你内心的一面多棱镜，折射出的是以往岁月里的人影和光影。

我的两个小孙子每一次从美国回北京探亲，第一站，我都会带他们到天坛，到这个藤萝架下。可惜，每一次，他们来时都是暑假，都没有见到藤萝花开的盛景。这是特别遗憾的事情，不知为什么，我特别想让他们看到满架藤萝花盛开的样子。

前年的暑假，他们忽然对藤萝结的蛇豆一样长长的豆荚感到新奇，两个人站在架下的椅子上，仔细观看，然后伸出小手小心翼翼地去摸，最后，一人摘下一个，跳到地上，豆荚一下子成为手中的长刀短剑，相互对杀。

转眼冬天又到了，再来到藤萝架下，叶子落尽，白色的架子犹如水落石出一般，显露出全副身段，像是骨感峥嵘的裸体美人，枯藤如蛇缠绕其间，和藤萝架在跳一段缠绵不尽又格外有力度的双人舞，无端地让我想起莎乐美跳的那段妖娆的七层纱舞。

想起今年藤萝花开的时候，正是桑葚上市的季节，我用吃剩下的桑葚涂抹了一张画，画的是这架藤萝花，效果还真不错，比水彩的紫色还鲜灵，到现在还开放在画本里，任窗外寒风呼啸。

自行车咏叹调

　　自行车是外国人的发明，却绝对是中国人的专用。普及率，除了筷子，大概就得数自行车了。走在中国的任何地方，无论是再大的城市，还是再偏僻的乡村，哪怕只是一条羊肠小道，都可以看得见自行车。如果赶上北京或上海这样大城市的上下班的高峰期，大街上自行车车轮滚滚所汇成的汹涌洪流，赛得过钱塘江涨涌起的一浪高过一浪的潮水，是极富有中国特色的一大壮观，在世界其他地方难得见到。

　　即使车轮不滚动，那么多的自行车安静地放在一旁，黑压压一片，也会是一种壮观的景色。那些由圆和线组成的图案，像画家蒙德里安用几何图形所画成的画面，在不动声色中吐露着威严，显示着富有中国特色的美学。

　　小孩子稍稍大了一点，要学的第一件事情就是骑自行车。对于孩子，自行车不是玩具，孩子的小腿还够不着脚蹬子，大人就开始让孩子学骑自行车了。小孩在车前扶着车把，大人在后面扶着车座，一边使劲地呼喊着孩子眼睛往前看，一边使劲地跟着车跑，再怎样辛苦，也要帮助孩子从小学会自行车，这几乎是所有孩子逃脱不了的人生第一课。道理很简单，自行车将要开始伴随他们的终身，从他们上学到工作，甚至到终老。有的老人就是死在用自行车推往医院的路上；有的老人就是从自行车上跌下来，在闭上了眼睛的那一瞬间，看见自己自行车的车轮子还在身边不停地转。

有一段时间，自行车、手表和收音机，是人们向往的三大件，自行车点名要"飞鸽""永久""凤凰"牌的，就像现在人们买汽车要本田、别克或奥迪的劲头一样。结婚的时候，自行车往往是娘家的陪嫁，扎上了大红绸，气派地摆在醒目的地方。自行车便和现在的汽车一样，成为全家最珍贵的物件，和家庭琐碎的日子关系最为密切，充满辛酸，也充满温馨。成了家之后，自行车往往会在前面加一个车筐，下班后到菜市场买菜买鱼买肉，都要靠它带回家。有了孩子之后，自行车往往要在后面加一个小座，或在大梁上安放一个下靠背椅，为的是把孩子从幼儿园里接回家；即使孩子上了学，自行车依然是大家接送孩子最便捷的交通工具。丈夫骑着自行车，前面带着孩子，后面驮着老婆，永远是清晨出门或黄昏归家最动人的画面，自行车就如同一只大鸟，用有力的翅膀载着一家人早出晚归，品味着人生百味，游走在生活的角角落落。

那时候，不止一处房子越盖越挤的院子里，两墙之间的夹缝窄得犹如韭菜叶，只能容一个人推一辆自行车勉强过去。我会常常看到下班的人推着自行车艰难挤过夹缝的情景，车后座上往往驮着孩子，车把前的车筐里放着下班路上顺手买来的一束湛清汪绿的青菜。这样的一幅幅归家图，融化在各家小蜂窝煤炉渐渐冒出的袅袅炊烟里，那一抹绿色，像是奔波了一天的自行车身上冒出的缕缕的汗气，更是从自行车身上摇曳出来的精神气，有了它，再疲惫的一家人和自行车，都显得有了生气。

都说人与人之间相濡以沫，其实，自行车和人之间也是相濡以沫的，彼此慰藉，相互走过了人生。真的，还有什么别的物件赶得上自行车对普通人日复一日持之以恒的扶助吗？人们对自行车的感情，就像古代壮士对于自己心爱的坐骑一样。不兴养宠物的时候，自行车就是大家的宠物，要给它拾掇得干干净净，利利索索，它才能够像追风马一样，为你风入四蹄轻，轻快地四九城地驰骋。我们大院里，有一位年轻的单身工程师，下班后，首先要干的两件事，一是脱掉上衣为自己洗身，一是把自行车翻个个儿，为车洗身。他把一身健壮的肌肉洗得油光水滑，把一辆自行车擦得锃光瓦亮，然后，他和自行车相看两不厌，像一对马上要登台演出的角儿，有精彩的对手戏等着呢。那时候，他家的窗帘永远不会拉上，他好像就是有意要让全院人看看他的肌肉和他的爱车，他觉得自己这一身腱子肉和永远崭新的自行车是绝配，就像英雄配美人，宝马配雕鞍，葡萄美酒配夜光杯。

如今，私家车越来越多，在马路上，自行车被挤得只能黄花鱼溜边儿，还不停地听汽车的喇叭和司机的训斥，属于自行车的地盘越来越小，自行车的地位也一落千丈，再难找回我们大院里年轻工程师的感觉。但是，自行车依然顽强地存在着，和私家车做着虽力不胜负却颇有些悲壮的抗衡，就像遥远时代里的民谣，依然有着打动人心的力量。更何况，更多的普通人依靠的是自行车，低碳生活更需要自行车，自行车就像传统节日里的鞭炮，缺少了它的声音，还叫火爆的日子吗？

如今，常会在黄昏的街头看见半大小伙子在玩车，他们以马路牙子为障碍，让自行车的前辘轳翘起，旱地拔葱似的拔到马路牙子上面，再拔出萝卜带出泥把后车辘轳连带拔上来，往复循环，乐此不疲。自行车白天用来上学，笔管条直，像是他们自己见到老师一副乖仔的模样；到了黄昏就变了脸，一下子活跃起来，成了他们锻炼身体的工具，消遣时光的玩具，也成了他们发挥想象创造想象的平台。一身几用，恨不得把压抑了一白天的心气都释放出来。他们是不到天黑不会收车回家的，当然，他们在这里会赢得围观者尤其是女孩子的阵阵喝彩，他们臭汗淋漓地回家后，是少不了挨一顿家长的臭骂的。

在城里，除了丢车（几乎没有人没丢过自行车），最怕的是骑车回到家找不到放车的地方。楼外面如今被越来越多的私家汽车气宇轩昂、神气十足地占领着，楼道里已经被捷足先登的自行车挤得横七竖八，走道连个下脚的地方都没有了。实在不行，只好把车顺在楼梯上，四仰八叉地和楼梯把手绑在一起。也有把车吊在房顶上的，像是吊腊肉似的，吊得人眼晕。

如果你仅仅把自行车当作交通工具，可就错了。在中国，自行车的用途大了去啦。无论是在城里还是在乡下，自行车首先又是家庭最常用的运输工具。在城里，小到买个米买个面，大到买个椅子买个电视机，一直到换个煤气罐，什么地方都得用得着自行车的。自行车就像个任劳任怨的仆人，无论什么活儿都得伸出自己的肩膀头来。

在乡下，用自行车的地方比用牛的地方还要多。运菜运粮运筐运一切要到城里去卖的东西，都用得着自行车，自行车比骡马要好使唤，而且要不惜力气得多。好不容易进一次城，车前车后要装得满满的。光装那些东西，就是艺术，就跟编鸟笼或盖房子一样，不用一钉一锤，却装得密密实实，结结实实，得要一双巧手妙心。我见过这样一幅摄影作品：自行车运草帽，从前看草帽成了鸟一样呼扇扇的羽翼，从后看草帽成了一座会移动的小山，骑车人只露出头顶的草帽，和山一样的草帽连成一体，童话似的长出脚来在动在跑在飞。

在城里，骑车带人，和"打的"的人差不多一样的多。这是因为骑车带人上下方便，到哪儿去也方便，自行车就是自家的"的"。而且，也比"打的"省钱，更重要的一点，是情人坐在身后，搂着情人的后腰，奔驰在大街小巷，有"打的"无法体会的味道，彼此的心跳都听得清清楚楚，身上的香水味和汗味混合在一起呛鼻子却无比的好闻，自行车让他们成了连体人，在大街的众目睽睽之下敞亮地展示着他们爱情的雕塑。

有一次，我见到一对年轻人骑着一辆自行车，是个风天，又是顶风。男的在前面骑，弓身若虾；女的身穿旗袍，足蹬凉鞋，十个脚趾涂抹着豆蔻鲜艳地亮在外面。女的偏偏跷着二郎腿，双手扶也不扶那男的，画着曲线，穿梭在车水马龙之间，游龙戏凤一般，潇洒得劲头十足，惹得众人侧目相看，好不得意。一看就知道若不是多日的配合，哪能如此艺高人胆大，默契得你呼我应，融为一体。

大多数的大人骑车带人还是为了带孩子，为了接送孩子到学校和幼儿园。所以在中国的任何一座城市里，都可以看到许多这样骑车带孩子的大人，风雨无阻。不过，骑车带孩子的法子不尽相同。在南方，大人是把孩子绑在自己的后背上，孩子竖立在身后，成了大人的守护神；在北方，则是让孩子坐在前面的横梁上，大人用胸膛保护着孩子。竖着或横着的孩子，常常歪着小脑袋睡着了，而大人却全然不知，依然骑着车奋然前行，便常常有过路的行人冲着大人高喊："留神呀，孩子可睡着了！"

记得32年前，我刚刚考入中央戏剧学院上学，一天出门骑车带着一个同学，刚拐出胡同，便和迎面而来的一个警察叔叔狭路相逢。因为那时候北京不许骑车带人，警察叔叔把我们拦了下来，要罚款，严厉地问我们："你们是哪儿的呀？"我赶紧回答："我们是戏剧学院的学生。"这位警察叔叔把戏剧学院听成戏曲学院了，就问："哦，学哪派的呀？"我一听，满拧，忙说："我们，没派……"他又听差了，脸色却明显地好了起来，说道："梅派呀？梅派，梅兰芳，好……"没罚款，放了我们一马，敢情这位警察叔叔是个戏迷。

对于自行车，我从心里充满感情。很难设想有一天没有了自行车的北京城会是什么样子，会不会和没有了四合院全部都是高楼大厦一样，让人无法想象，无法辨别，无法找到回自己家的路？自行车不仅是北京而且是全国的一种最带有中国特色的生活乃至文化的符号，它几乎和我们每个人的生命休戚相关，和我们国家的发展密切相连。非常遗憾的是，这样一种从抽象上说是醒目非常的符号，从具象上说是个性十足的物件，却没有见到有什么艺术专门去为它描摹为它张目为它张扬。除了看过一部电影《十七岁的单车》，我没有听到过一首歌曲是专门唱它的，没有看到过一幅画是专门画它的，也没有一部小说，就像意大利的作家皮蓝德娄充满情感专门用他故乡的《西西里柠檬》为他的小说命名。越是熟悉的，越是亲近的，越是须臾不可或缺的，越是我们相濡以沫的，越是陪伴我们走过艰辛岁月的，我们往往越容易视而不见，熟视无睹。

记得路德维希在他的《尼罗河传》里说："朝代来了，使用了它，又过去了，但是，它，尼罗河——那土地之父却留了下来。"自行车，也曾经在朝代的更迭中、在时代的变迁中被我们使用，它是我们的生活之子，也应该留下来，留下来作为我们青春与岁月、成长和发展的见证。我们也应该为它作传。

草是怎样一点一点绿的

　　住在芝加哥的时候，楼后紧挨着一个叫尼考斯的街心公园，四月份了，却还是一片枯枯的，没有一点颜色。因为天天从公园穿过到芝加哥大学去，公园成了我新结识的朋友，它的草地、树丛、山坡、网球场，还有一个小小的植物园，都成为我每天的必经之地。它们一点一滴的变化都逃不过我的眼睛，好奇心让我观察着它们的变化，像看着一个孩子从爬到走到满地跑一样一天天长大。

　　最先让我惊喜的是，有一天清早，我忽然看到公园的草地突然绿了，虽然只是毛茸茸的一层鹅黄色的浅绿，却像事先约好了一样，突然从公园的四面八方一起向我跑来。前一天的夜里刚刚下了一场春雨，如丝似缕的春雨是叫醒它们的信使。

　　我看着它们一天天变绿，渐渐铺成了茵茵的地毯。蒲公英都夹杂在它们草叶间渐渐冒出了小黄花骨朵儿。但树都还没有任何动静，还是在风中摇动着枯涩的枝条，任草地上的草旺绿旺绿聚拢着浓郁的人气，真是够沉得住气的。一直快到了五一节，才见网球场后面的一片桃花丛探出了粉红色的小花，没几天，公园边上的一排排梨花树也不甘示弱地开出了小白花。然后，看着它们的花蕾一天天绽放饱满，绯红色的云一样，月白色的雾一样，飘落在公园的半空中。尼考斯公园一下子焕然一新，春意盎然起来。

然后，金色的连翘花也开了，紫色的丁香花也开了，每一朵，每一簇，我都能看得出来它们的变化。变化最快的是连翘，昨天才看见枝条上冒出几星小黄花，今天就看见花朵缀满枝条悬泻下满地的黄金。变化最慢的是一种我叫不上名字的树，很高，开出的花米粒一般，很小，总也不见它长大。近处看，几乎看不到它们，远远地望，一片朦朦胧胧的玫瑰红，在风中摇曳，如同姑娘头上透明的纱巾。这种树，在芝加哥大学的图书馆前的甬道旁铺铺展展的一大片，那玫瑰红便显得分外有阵势，仿佛咱们的安塞腰鼓一样腾起的遮天蔽日的云雾，映得校园弥漫在玫瑰色的雾霭之中。

再有变化慢的是树的叶子，几乎所有的花都开了，树的叶子还没有长出来，无论是榉树、梧桐，还是朴树或加拿大杨。一直到芝加哥大学教学楼的墙上的爬山虎都绿了，尼考斯公园草地间的蒲公英的小黄花都落了，长出伞状的蓬松而毛茸茸的种子，它们才很不情愿地长出了树叶。我看见它们一点点冒出小芽，一天天长大，把满树染绿，在风中摇响飒飒的回声。

我知道，这时候才是芝加哥的春天真正地到来了。我才发现，这是我生平头一次从头到尾看到了春天一步步地向我走来的全过程。像看一场大戏，开场锣鼓是草地上的草，定场诗是公园里的花，压轴戏是一树树参天而清新的绿叶。

我忽然想起在北大荒插队的时候，因为那时常常要打夜班脱谷或收大豆、收小麦，在甩手无边的田野上，坐在驮满麦子和豆荚的马车上回生产队的时候，能够看到夜色是怎样褪去，鱼肚白是怎样露出在遥远的地平线上，晨曦又是怎样一点点染红天空，最后，太阳是怎样跳上半空中。生平第一次从头到尾看到天是怎样亮的，就是在北大荒。回到北京之后，我再也没有看到这样天亮的全过程了。

同样，在北京，我也从来没有看过草是怎样一点点绿，花是怎样一点点开，树叶是怎样一点点长出来，春天是怎样一步步走来的全过程。也许，不该怪罪我们的城市，也不该怪罪人生的匆忙，是我们自己把自己的眼睛和心磨得粗糙和麻木，在物质至上的社会里，我们顾及的东西太多，便错过了仔细感受春天到来的全过程。只因为清风朗月不用一文钱，便徒让我们感叹良辰美景奈何天了！

你是否要去斯卡布罗集市

　　《斯卡布罗集市》是我很喜欢的一首歌。这是一首老歌，如今，翻唱这首歌的人很多，在网上，尤其在抖音里，到处都是。好听的歌，可以不厌其烦地反复唱，反复听。不过，听这首歌最好听原文，哪怕听得似懂非懂甚至根本不懂，最好不要翻译成中文，听中文的歌词，味道全无，连旋律跟着一起变味走形。

　　我最喜欢听保罗·西蒙和莎拉·布莱曼唱这首歌。保罗·西蒙是原唱，最早听他唱的时候，还没有莎拉·布莱曼的版本。两个人的风格不同，保罗·西蒙是吟唱，地道的民谣唱法，木吉他伴奏恰到好处；莎拉·布莱曼是梦幻，唱得更为抒情，多少以美声改变了民谣风，电子乐伴奏相得益彰。

　　如果说保罗·西蒙像一幅画，莎拉·布莱曼则像一首诗。保罗·西蒙带我们回到从前，那个逝去的遥远的青春岁月；莎拉·布莱曼带我们飞进未来，一个不可知的想象世界。歌声好像两个人影，一个站在过去的树荫下，一个站在前面的月影中，都是朦朦胧胧，似是而非。

不知别人听后感觉如何，我听保罗·西蒙，这种细雨梦回的感觉更强。特别是他唱的头一句："你是否要去斯卡布罗集市"，语调极其平易，倾诉感极强，仿佛不是问别人是否要去，而是你自己跃跃欲试，真的就要出发，有火车汽车马车或自行车，停在前面，正等着你。

我相信，每一个人，都有这样一个想要去的地方。

那个地方可以是斯市，也可以是你自己所想要去的任何地方。对于我，去的这个地方，很实在，触手可及，感觉是在校园的甬道上，在北大荒的荒草地上，在刚返城那年白杨树萌发绿意的春天还没有建好的三环路上。那里真的有你想见的人，还有想见的景和物。

听莎拉·布莱曼，没有这种感觉，而感觉是在朦胧的月夜，是在迷离的梦中，水波潋滟，人影幢幢，遥街灯火黄昏市，深巷帘栊玉女笙。

听莎拉·布莱曼，感觉一切不那么真实似的，像飘浮在云彩里；听保罗·西蒙却觉得实在，一脚踩在地上。因此，说实在的，两者相比，我更喜欢听保罗·西蒙。他更接近我内心的真实和想象中的真实。仿佛他唱的是我心里的声音，以一种平易的方式，娓娓道来，蒙蒙细雨一般，打湿我的衣襟，渗透进我的心田。莎拉·布莱曼唱的更多像是我梦呓中的回音，遥远，缥缈，空旷幽深，吟罢欲沉江渚月，梦回初动寺楼钟。

相比较而言，莎拉·布莱曼的声音，像是经过处理的，犹如美容过后的容光焕发，颗粒状爽朗，照射感明亮，穿透力极强；保罗·西蒙更接近人声的本色，有些柔弱，似喃喃自语。保罗·西蒙自己曾经说过："我的声音不是那种穿透力和震撼力的声音，我的声音听起来很软。"《斯卡布罗集市》作为一首老民谣，保罗·西蒙的唱法更原汁原味，莎拉·布莱曼的唱法，则是民谣的窑变，让同样一首歌，变幻成另一种风貌，而多姿多彩，风情万种。

《斯卡布罗集市》特别迷人之处，是四段歌词每一段都重复用了一连串的意象："欧芹、鼠尾草、迷迭香和百里香"，反复吟唱，水流回环。每一次我听，都觉得像是在唱北大荒荒原上夏季里那一片五花草甸子，尽管没有鼠尾草、迷迭香和百里香这么多洋味儿的花草，那些乌拉草、苜蓿草、达紫香和野云英，也足可以与之媲美，和歌中要去斯市问候的那位真挚恋人（a true love of mine），告诉她做一件亚麻衬衣、要她把石楠花扎成一束之类，一样的相衬适配。香草美人，是没有国界的，是世人所爱的。没错，在这首歌里，这些花草很重要，没有了这些花草，斯市的姑娘就没有那么美好，亚麻衬衣和石楠花束就没有那么令人向往，这首歌也就平庸至极。

这些"欧芹、鼠尾草、迷迭香和百里香"，还不完全是我们诗歌传统里的比兴，而是这首歌的背景，是这首歌的命门。或许，就是这首歌的魅力所在。音乐和歌词——也就是诗，两者融合一起，化为艺术，才能够在歌声流淌的瞬间，让我们感动，让我们回忆，让我们直抵曾经经历的地方，或现在向往的地方。也可以说，就是直抵我们的内心绵软的一隅。好的歌曲，应该这样，而不是词曲两张皮，词和曲不挨不靠，词可以任意修改，像一面时髦的旗子或一个百搭的挎包，能够披挂在任何曲子里；曲子随便配词，像一张包子皮，能够包裹任何一种馅料，今天三鲜，明天牛肉大葱。

　　每一次听这首歌中唱到"欧芹、鼠尾草、迷迭香和百里香"的时候，总会让我想起北大荒的五花草甸子。有意思的是，草甸子上，没有我的什么恋人，也没有人能给我做什么亚麻衬衣，和我要献给什么人的石楠花束，有的只是荒原，萋萋荒草，无边无际，随天风猎猎，直连到遥远的地平线。那时候，喊的口号是开垦荒原，向荒原进军，向荒原要粮！当然，那时，也还没有听过这首歌。那时候，我们听的唱的更多的是样板戏。

　　"欧芹、鼠尾草、迷迭香和百里香"！"a true love of mine"和她亲手缝的亚麻衬衣、亲手扎的石楠花束！一个时代有一个时代的歌，一个时代有一个时代的意象，一个时代有一个时代你曾经去过的和你梦想要去的地方。

即使你没去过卡萨布兰卡

卡萨布兰卡，是一个地名，是一部电影的名字，也是一首歌曲的名字。可以说，是这部电影和这首歌曲，让这个地名出名。

如今视频发达，将电影里的镜头和歌曲混剪在一起，倒是很搭。特别是英格丽·褒曼那忧郁深情的眼神，简直是歌手贝蒂·希金斯歌声最完美生动而形象的延伸，将听觉和视觉合二为一，交错迭现，水乳交融，那样温婉动人。

贝蒂·希金斯曾经来过中国，特别是听他和我国女歌手金池合唱的这首歌，更让我感动。乐队的打击乐减弱了些音量，贝蒂·希金斯唱得更加节制，副歌无歌词吟唱部分，金池唱得美妙绝伦，最后一句两人天衣无缝细致入微的和声，比原本贝蒂单人唱得更加美妙动听，韵味十足。

多年之前，我头一次听这首歌的时候，只记住了其中两句歌词。

一句是"难忘那一次次的亲吻，在卡萨布兰卡；但那一切成追忆，时过境迁"。

一句是"我没有去过卡萨布兰卡"。

这两句歌词镶嵌在同一首歌里，有些悖论的意思。这当然有贝蒂自己恋爱的经历和想象，但在我第一次听来，只是觉得没有去过卡萨布兰卡，却在那里有一次次的亲吻，而且都还很是难忘。这怎么可能？

但是，生活中不可能的事情，在歌声里变成了可能。歌声包括一切艺术在内，可以有这样出神入化的神奇功能，产生这样的化学反应，帮助你逃离现实中不尽如人意的生活，而进入你想象的另一个世界。哪怕你只是在做想入非非的白日梦。于是，你没有去过卡萨布兰卡，却可以在那里有一次次的亲吻，而且还都比在北京上海还要刻骨铭心，很难忘怀。

时空的错位，现实中的幻觉，恰恰是回忆中的感情尤其是爱情的一种倒影，或者说是一种镜像。所谓时过境迁的感慨与想象，以及"此情可待成追忆，只是当时已惘然"的怀旧与伤感，才会由此而生。犹如水蒸发成汽而后为云，又由云变为雨，纵使依然洒落你的肩头，清冽湿润如旧，却不再是当年的雨水。这便是与生活不尽相同的艺术的魅力。艺术，从来不等同于生活。它只是生活升腾后的幻影，让你觉得还有一种比你眼前真实生活更美好，或更让你留恋、怀念和向往而值得过下去的生活。

很多时候，我们都会在心里突然萌生这样由时空错位而产生的幻觉和情感。这种幻觉和情感，帮助我们接近艺术，而让我单调苍白的生活变得有了一些色彩和滋味。我们会在看到某一个似曾相识的场景时，忽然想起曾经走过或相爱过的地方，特别是曾经相爱的人已经天各一方，杳无音信，这种感觉更会如烟泛起，弥漫心头，惆怅不已。

记得我和女同学第一次偷偷地约会，是我读高一那年的春天，在靠近长安街正义路的街心花园。那里原来是一道御河，河水从天安门前的金水河迤逦淌来。这里是中华人民共和国成立后北京城建成的第一个街心公园，新栽的花木，一片绿意葱茏，清新而芬芳。特别是身边的黄色蔷薇，开得那样灿烂，我们就坐在蔷薇花丛旁，坐了那么久，天马行空，聊了很久，从下午一直到晚霞飘落，洒满蔷薇花丛。具体聊的什么内容，都已经忘记，但身边的那一丛黄蔷薇花，却总怒放在记忆里。

时过将近六十年，前几天到天坛公园，在北门前看到一丛黄蔷薇正在怒放，忽然停住了脚步，望着那丛明黄如金的蔷薇，望了很久，一下子便想到了那年春天正义路街心花园的约会。"一切成追忆，时过境迁"，卡萨布兰卡的旋律，弥漫心头。

很多年以前，我第一次来到莫斯科，住下之后，迫不及待地先跑到红场，因为这是我青春时最向往的地方。当时已经是晚上快八点，红场上依然阳光灿烂，克里姆林宫那样明亮辉煌。不禁想起当年在北大荒插队时写过的诗句：要把克里姆林宫的红灯重新点亮，要把红旗插遍世界的每一个地方！不觉哑然失笑。就像歌里唱过的一样："我没有去过卡萨布兰卡。"那时，我也没有去过克里姆林宫，却不妨碍我的一次次激情膨胀，梦想着登上克里姆林宫的宫顶，然后朝着沉沉黑暗的夜空，点亮它的每一盏红灯。

那一天，真的来到了莫斯科，一切那么陌生，又那么熟悉；一切似曾相识，又似是而非。一直到很晚，才看见夜幕缓缓在红场上垂落，克里姆林宫的红灯，才开始随着蹦上夜空的星星一起闪烁。"一切成追忆，时过境迁"，卡萨布兰卡的旋律，弥漫心头。

很多回忆，不尽是亲吻；很多感情，不尽是美好。甜蜜也好，苦涩也罢；美好也好，痛苦也罢；自得也好，自责也罢。时过境迁之后，过去曾经发生过的一切，才会水落石出一般，清晰地显现。这时候的追忆，如果真的有了些许的价值，恐怕都是时空错位的幻觉和想象的结果。而这样的幻觉和想象，恰恰是艺术的作为。一部电影，一首歌曲，便超出它们自身，你和它们似是而非，它们却魂灵附身于你，为你遥远的记忆和远逝的情感点石成金，化作一幅画，一首诗，一支曼妙无比的歌。

即使你根本没有去过卡萨布兰卡。

手扶拖拉机斯基

张蔷这个歌手的名字，如今的年轻人，已经不大熟悉了。尽管1986年她曾经上过美国大名鼎鼎的《时代周刊》，唱片总销售量高达令人叹为观止的三千万张，恐怕在中国流行乐坛上是绝无仅有的奇迹。

在20世纪80年代，我爱听她的歌。那时候，她出了好多盘磁带。那个年月，还没有流行CD，更谈不上手机下载音乐。那时候，她17岁，刚刚出道，磁带盒的封面上，一个圆圆脸蛋的小姑娘，很可爱很清纯的样子。那时候，我的儿子还没有上小学，刚到懂得听歌的年龄。我们一起在音像店琳琅满目的磁带面前，记得很清楚，是在和平里，看得我们眼花缭乱，不知挑哪一个好，儿子指着她问我："怎么样？"我问儿子："就买这盘了吗？"儿子果断回答："就买这盘。"于是，盲人摸象一般买下了它。拿回家放在录音机里一听，不错，我和儿子都很喜欢。

她唱的是那种迪斯科节奏和风味的摇滚，明快，清爽，听着挺新鲜，感觉挺年轻的。不过，她更多是翻唱别人的歌。《野百合也有春天》《潇洒地走》《月亮迪斯科》《拍手迪斯科》《你那会心的一笑》《轰隆隆的雷雨声》……她那略带沙哑的嗓音却青春明澈的歌声，一直到现在都还感到很亲切，不少歌，我到现在竟然还会唱，这是以后听流行歌曲从来没有过的奇迹。

那时候，我正在写作关于中学生的长篇小说《青春梦幻曲》，忍不住让小说里的主人公也喜欢上张蔷的歌，不止一个地方，在小说里让她唱起了张蔷的歌。有意思的是，有读者读完我的小说，特意去找张蔷的磁带听。

我觉得张蔷特别适合孩子听，适合孩子唱。她的歌，很清纯，很青春，很开朗向上，清澈透明如同露珠儿，沁人心脾，又有那么一点亮色，即使还有那么一点淡淡的忧愁和烦恼，也是快乐的和幸福的。和后来的小虎队相比，她多了一点忧郁和厚度；和再后来一些的花儿乐队相比，她多了一点自然和亲切。和那时与她年龄相仿的程琳相比，她多了一点亲近和天真，像是一个容易说出心里话的孩子。如果和电影影星相比，她比那时的山口百惠还要年轻，比现在的周冬雨多一点儿俏皮和可爱，少了一点儿沧桑和曲折。

后来，有很长一段时间，听不到她的歌，她销声匿迹了，有说她出国了。一直到2008年，她终于又露面了，在北京举办了"80，08"个唱音乐会。不过，重新听张蔷的歌，已经看山不是山，看水不是水，融入了主观的情感和印象。重新听张蔷的歌，其实是在倾听自己的记忆，只不过她歌中的青春和自己的青春叠印在了一起，她的歌声中顽固地流淌着过去的那些日子的光和影，落霞与孤鹜齐飞，秋水共长天一色。而在 2008 年听她的歌，找不到以前的感觉了，一切时过境迁，歌声显得那么缥缈，似是而非。花无百日红吧，谁也不可能风光无限，独占歌坛永久。

自 2008 年至今，已经又过去了十三年。前两天，偶然间听到张蔷唱的一曲新歌，名字叫作《手扶拖拉机斯基》。没有想到这么多年过去了，她还在唱，她还能唱，而且唱的不是老掉牙的老歌，而是让人耳目一新的新歌。与年轻的摇滚歌手相比，她真的算是前辈了，宝刀不老，重整旗鼓，实属不易。

关键是这首歌，她唱得实在不错。曲风还是迪斯科的老旋律，歌词颇具谐谑乱搭混搭的风格，杂糅着年轻人的调侃和她这样年龄的感慨，而非一般常听到的小情小调。记得零星的几句词：莫斯科郊外的夜晚，听不到那崇高的誓言……加加林的火箭还在太空，托尔斯泰的安娜卡特琳娜，卡宾斯基柴可夫斯基，卡车司机出租司机拖拉机司机，曾经的英俊少年，他的年华已不再……由一个偶然冒出来的拖拉机司机，带出这样糖葫芦一串串的各种斯基，让她唱得动感十足，异常年轻，根本想象不出她已经是一个五十开外的人了。

不知怎么搞的，她唱的这首歌，让我突然想起莫斯科的一位老朋友。1986 年的夏天，我去莫斯科结识的尼克莱。他年龄和我一般大，黑海人，列宁格勒大学（现在的圣彼得堡大学）毕业，学的就是汉语专业，毕业后先在电台工作，后调到杂志社。他说一口流利的汉语，让我们之间的交流非常顺畅，从而一见如故。他非常好客，在我离开莫斯科的前一天晚上，邀请我到他家做客。那个夏天的夜晚回来的时候，尼克莱怕我不认识路，又陪我走出他家，走在莫斯科郊外寂静的街上，走到地铁站去坐地铁，一直把我送回到我住的俄罗斯饭店。

　　岁月如流，人生如梦，一晃，三十多年过去了，尼克莱和我一样已经年过七旬。加加林的火箭还在太空，曾经的英俊少年，他的年华已不再……张蔷这歌唱的！从托尔斯泰柴可夫斯基一直唱到尼克莱，还有她自己，我自己！

辑二　总有一些瞬间温暖远去的曾经

那些逝去了的日子有着丰富而温暖的回声，什么时候只要在心里轻轻地呼唤一下，就能够响起遥远的共鸣。

鱼鳞瓦房顶上看北斗七星

老院的房顶上，铺着鱼鳞瓦。用脚踩在上面，没觉得什么，坐在上面，有点儿硌屁股。

可能是童年没有什么可玩的，爬房顶成了一件乐事。开始跟着院子里的大哥哥大姐姐一起爬，后来，我一个人也常常会像小猫一样爬上房顶。尤其是夏天的晚上，吃完晚饭，做完作业，我总会悄悄地溜出屋，一个人上房，坐在鱼鳞瓦上，坐久了，也就不觉得硌屁股了。

不知道为什么我总爱爬到房顶上去。那里真的那么好玩吗？或者有什么东西吸引着我吗？除了瓦片之间长出的狗尾巴草，和落上的鸟屎，或者飘落的几片树叶，没什么东西。不过，站在上面，好像自己一下子长高了好多，家门前的那棵大槐树，和我一般高了。再往前面看，西边的月亮门，月亮门里的葡萄架，都在我的脚下了。

再往远处看，胡同口的前门楼子，都变得那么矮、那么小，像玩具一样，如果伸出手去拿着它，能把它抱在怀里。

房顶上面，很凉快，四周没有什么遮挡，小风一吹，挺爽快的，比在院子里拿大蒲扇扇风要凉快。

风大一点的时候，槐树的树叶被摇得哗啦啦响。我会从裤兜里掏出手绢——那时候，每天上学，老师都检查你带没带手绢——迎着风，看着手绢抖动着，鼓胀着，像一面招展的小旗子。

有时候，我也会特意带一张白纸来，叠成一架纸飞机，顺着风，向房后另一座大院里投出去。看着纸飞机飘飘悠悠，在夜色中起起伏伏，像是夜航，最后不知道降落到那座大院的什么地方。

那座大院里，住着我的一位同学。别的班上卫生委员都是女同学，别看他是男的，却是我们班上的卫生委员。他坐我的座位后面，有一次，上课铃声响了，我才想起忘记带手绢了，有些着急，他从后面递给我一条手绢，悄悄地说他有两条。这样，躲过了老师的检查，我还给他手绢，谢了他。手绢用红丝线绣上了他的名字。幸好，老师只是扫了一眼，要是仔细看，看见了他的名字，就麻烦了。

我希望，纸飞机落在他家的门前，明天一清早，他上学时出门一眼能够看到，从地上捡起来，一定会有点儿惊奇，不会猜得到是我叠的飞机，特意放飞到他家的院子里。后来，我想，要是飞机真能那么准飞落到他家的门前，又那么巧被他捡起来，我应该在飞机上面写几个字。写什么呢？我瞎琢磨开了，琢磨半天，也不知道写什么好。

坐在房顶上，没有一个人，白天能看到的房子呀树呀花草呀积存的污水呀堆在院子乱七八糟的杂物呀……这所有的一切，都变成了黑乎乎的影子，看不大清楚，甚至根本看不见了。院子里嘈杂的声音也变得朦朦胧胧、轻飘飘的了，周围显得非常安静，静得整个院子像睡着了一样。

更多的时候，我就是这样无所事事，东一榔头西一棒子胡思乱想。有时候，也会想娘，但想得更多的是姐姐。娘过世几年了，姐姐就离开我和弟弟几年了。忽然觉得时间那么长，姐姐离我是那么远。

站在房顶上，视野开阔，能看得到前门楼子前面，靠近我们胡同这一侧北京火车站的钟楼。姐姐就是从那里坐上火车离开北京去内蒙古的，每一次从内蒙古回家看我们，也是从那里下的火车。每一次回内蒙古，也是从那里上的火车。有时候，能看到夜行的列车飞驰的影子，车窗前闪烁的灯火，像萤火虫那样的微小朦胧；车头喷吐出白烟，像长长的白纱巾，不过，很快就被夜色吞没了。

更多的时候，我只是默默地望着夜空，胡思乱想，或想入非非。老师曾经带我们参观过一次动物园对面的天文馆。在那里，讲解员讲解了夜空中的很多星星，我只记住了北斗七星的位置，像一把勺子，高高地悬挂在天空之北。天气好的时候，我一眼就能找到北斗七星，感觉它们就像是在对着我闪烁，像见到老朋友一样，一直等着我来找它们，让我涌出一种亲切的感觉。

有雾或者天阴的时候，雾气和云彩遮挡住了北斗七星，天空一下暗淡了很多。浓重如漆的夜色，像一片大海，波浪暗涌，茫茫无边，找不到哪里是岸，显得那样神秘莫测。

房顶上，更显得黑黝黝的，只有瓦脊闪动着灰色的反光，像有什么幽灵在悄悄地蠕动。眼前那棵枝叶繁茂的大槐树，影子打在墙上和房顶上，风吹过来，树在摇晃，影子也在摇摇晃晃，树哗哗响，影子也在哗哗响着，像在大声喧哗，树和影子争先恐后说着一些我听不懂的话。

这时候，我有些害怕，忍不住想起院里的大哥哥大姐姐曾经讲过的鬼故事。越想越害怕，便想赶紧从房顶上爬下来，但脚有点儿发软，生怕一脚踩空，从房上掉下来，便坐在那里，不敢动窝儿。

有一天晚上，就在这样心里紧张不敢动窝儿的时候，突然，身后传来了砰砰的声响。无星无月的浓重夜色中，那声音急促而沉重，一声比一声响，一声比一声近。我很害怕，怕真的有什么鬼蓦然出现，赶紧转过身去，不敢朝声音发出的地方看。

这时候，一个黑影出现在我的面前，叫了我一声："哥！"

原来是弟弟。

他对我说："爸找你，到处找不着你，让我出来找！我就知道，你一准儿在这里。"然后他又说了句："我看见你好几次一个人爬到房顶这里来了。"

那天，我和弟弟没有着急从房顶上下来。我问清父亲找我没什么大事，便拉着他一起坐在房顶的鱼鳞瓦上，东一榔头西一棒子地聊起来。在家里，我们很少这样聊天，更别说坐在房顶上聊天了。

我总觉得他太小。

他问我："你总爱一个人坐在房顶上干什么呀？"

我没有回答他的问题，而是问他："你认识北斗七星吗？"

他摇摇头。

我告诉他北斗七星很亮，要是有一天迷路了，找不到回家的方向了，你看到了北斗七星，就能找到回家的路了。

他便让我告诉他夜空中北斗七星在哪儿。

可惜，那天天阴，看不到一颗星星。

水房前的指甲草

我原来住的大院，是老北京一座典型的三进三出的大四合院，每个院落自有围墙和院门，然后，有东西两道厢房。中间的院子很特别，多出东西两侧的各一间房子，分别是当年的水房和厨房。自来水原来在水房里，后来搬进来的人家一多，房子不够住，水房便成了住房，水龙头被移到了窗外。

我读初中二年级的时候，大院搬进了一户姓商的人家，他家的先生在银行里做事，太太没有工作，有三个女儿，年龄分别相差有三四岁的样子，老闺女比我小三岁。奇怪的是，两个姐姐穿戴都十分漂亮，只有她永远一身灰了吧唧的旧衣服；更奇怪的是，他们一家人分别住在东厢房里，只有老闺女住在水房里。那时，水房已经被他们家改造成了厨房。

大院里那些好奇而快嘴的大婶和婆婆私下议论，老闺女不是商太太亲生的，是商先生的私生女，所以才遭受如此待遇。也有人说，是因为老闺女长得难看。这个疑团，到现在也没有弄清。对比两个姐姐，她是长得难看，瘦小枯干，像根豆芽菜。但她有个好听的名字，叫曼丽。

那时，她上小学三四年级吧，放学回来就系上围裙，开始干活儿。她妈妈总是颐指气使地让她干这干那，她爸爸在一旁，屁也不敢吭一声。这么小的年纪，干这么多的活儿，有时候她妈妈还嫌她干得不好，举手就打，简直比保姆还不如。街坊们没少骂商家两口子。最让人看不过去的，是晚上睡觉，让曼丽睡在厨房里不算，还没有床，只能睡在吃饭用的小石桌上，连腿都伸不开。

显然，曼丽是他们家的"灰姑娘"。

曼丽很少和我们一起玩，也很少和邻居们说话，因为她总是在干活儿。我们也很少见到她和她的两个姐姐一起玩，或一起说话，好像她们没有一点儿血缘关系，只是陌生人。即使是陌生人，见了面也应该打个招呼吧。但那两个姐姐只会像她们的妈妈一样，像吆喝一条狗一样吆喝她，指挥她替她们拿这拿那的。当时，我真的非常奇怪，这两个姐姐怎么和她们的妈妈是一个模子里刻出来似的？即便她真的是一个私生女，就该是她的原罪要惩罚她到底吗？那时候，我刚刚读完美国作家霍桑的小说《红字》，心想那是她们刻在她脸上的"红字"，成心要羞辱她。她却是那样逆来顺受，好像一切就应该这样。

曼丽唯一的爱好，是养了一盆指甲草，说是盆，其实就是她家一个打碎了的腌菜罐子。这种草本的花，很好养活，埋在土里几粒花籽，几场雨后，一夏天就能开满星星点点的小红花。小姑娘都爱把指甲花用手捻碎了涂在指甲上臭美。曼丽也不例外，用指甲花染红自己的指甲，却被她妈妈看见，劈头盖脸骂了她一顿，非逼着她洗掉。而她的两个姐姐十指涂抹得猩红猩红的，却不见她妈妈的任何反应。

我们大院的孩子都替曼丽鸣不平，也曾经大义凛然地联名写信告曼丽的妈妈，我也在上面签了名。我们说，起码三个姐妹一视同仁，不应该让曼丽再住在水房的小石桌上。信寄到派出所，来了一个女警察到她家。那一天，我们都很兴奋，等待着信能像一枚爆竹爆炸，蹿起冲天的烟火，可以好好教育教育这个恶老太太。第二天，这个恶老太太就站在水房门口跺着脚的大骂："谁家的孩子有人养没人管，狗揽八泡屎，跑到老娘头上动土……"后来，警察不来了，事情不了了之，她家形势依旧。曼丽依然住在水房里，睡在小石桌上。

我们不甘心，夜里常爬上房，踩她们家的屋顶，学猫叫，吓唬她们。要不就是看见曼丽的妈妈要上厕所了，我们提前钻进厕所里，关上门，让她着急，再怎么拍打厕所的门，我们就是不开。大院里就这么一个公共厕所，我们管这种方法，叫作"憋老头儿""憋老婆儿"。那时候，我们就是这样可笑，无能为力，只能忍住大人们的骂，干这样可笑的事情。

而对于曼丽，我们都是同情她的。那时，我们常恶作剧偷走别人家摆在窗前的花呀、鞋呀，然后丢到别处，让人家着急到处乱找。但我们从来没有动过一次曼丽摆在水房前的指甲草。有一次，她妈妈嫌弃她的指甲草破破烂烂，把花扔进了垃圾桶。我们捡了回来，重新放在水房的窗前。曼丽看见了指甲草，冲我们笑了笑。那是我很少见到的她的笑脸。

　　我刚上高中一年级的秋天，一天放学，突然听到曼丽死亡的消息，说是从护城河捞上来她的尸体，全身都被水泡肿了。全院里的人，谁也不知道她是为什么而死的，但谁又都清楚她是为什么而死的。我们大院的孩子们，对商家一家，尤其是对老太太充满了憎恶。谁知他们一家却跟什么事情都不曾发生过一样，没过多久，便在水房边上盖起了一间厨房，把水房里曼丽用过的一切东西，包括那张小石桌和那盆指甲草全部扔掉，然后重新装修一番，墁上了方砖，作为他们家的客厅。那时候，她家的大女儿正搞对象，天天晚上在里面跳舞。舞曲悠扬中，他们不觉得曼丽的影子会时时出现，睁大了眼睛瞪着他们吗？

　　第二年的夏天，水房的窗缝儿里冒出了一株绿芽，几场雨过后，很快就长大了，竟然是指甲草，一定是原来那盆指甲草的种子，落在窗台的泥缝里。看见那小红花开出来，我的心里无比伤感。那天的黄昏，趁他们家没人，我狠狠地扔了一块砖头，砸碎了水房的窗玻璃。碎玻璃碴子溅在指甲草上，星星点点，在夕阳光照下反着光，像眼泪……

那片绿绿的爬山虎

    1962年，过了暑假，我上初三，写了一篇作文——《一张画像》，是写教我平面几何的老师，他个子不高，每天上课的时候，都抱着大三角板和圆规、直尺的教具，教具高过他的头，显得他的个子越发地矮，样子非常好笑，让我觉得有点儿像漫画里的人物。但是，他的课上得很有趣，为人也很有趣。教我语文的田增科老师认为这篇作文写得也很有趣，便推荐这篇作文参加当时正在举办的北京市少年儿童征文比赛，没有想到居然获奖了。获奖的奖品是一支钢笔和一本《新华字典》，奖品虽然很小，但是，陈列在学校大厅的陈列柜里，规格不低。

    当然，我挺高兴。一天，田老师拿来一个厚厚的大本子对我说："你的作文要印成书了，你知道是谁替你修改的吗？"

    我睁大眼睛，有些莫名其妙。

"是叶圣陶先生!"田老师将那大本子递给我,又说,"你看看叶老先生修改得多么仔细,你可以从中学到不少东西!"

我打开本子一看,里面油印着这次征文比赛获奖的二十篇作文。我翻到我的那篇作文,一下子愣住了:首先映入眼帘的是红色的修改符号和改动后增添的小字,密密麻麻,几页纸上到处是红色的圈、钩或直线、曲线。那篇作文简直像是动过大手术,鲜血淋漓又绑上绷带的人一样。

回到家,我仔细看了几遍叶老先生对我作文的修改。题目《一张画像》改成《一幅画像》,我立刻感到用字的准确性。类似这样的地方修改得很多,长句子断成短句的地方也不少。有一处,我记得十分清楚,"怎么你把包几何课本的书皮去掉了呢?"叶老先生改成:"怎么你把几何课本的包书纸去掉了呢?"删掉原句中"包"这个动词,使句子干净了,也规范了。而"书皮"改成了"包书纸"更确切,因为书皮可以认为是书的封面。

我真的从中受益匪浅,隔岸观火和身临其境毕竟不一样。这不仅使我看到自己作文的种种毛病,也使我认识到文学事业的艰巨:不下大力气,不一丝不苟,是难成大气候的。我虽然未见叶老先生的面,却从他的批改中感受到他的认真、平和以及温暖,如春风拂面。

叶老先生在我的作文后面写了一则简短的评语:

这一篇作文写的全是具体事实,从具体事实中透露出对王老师的敬爱。肖复兴同学如果没有在这几件有关画画的事儿上深受感动，就不能写得这样亲切自然。

这则短短的评语，树立起我写作的信心。那时我才十五岁，一个毛头小孩，居然能得到一位蜚声国内外文坛的大文学家的指点和鼓励，内心的激动可想而知，涨涌起的信心和幻想，像飞出的一只鸟儿抖着翅膀。那是只有那种年龄的孩子才会拥有的心思。

这一年暑假，田老师找到我，说："叶圣陶先生要请你到他家做客！"

我感到意外。像叶圣陶先生这样的大作家，居然要见一个初中学生，我自然当成人生中的一件大事。

那天，天气很好。下午，我来到东四北大街一条并不宽敞却很安静的胡同。叶老先生的孙女叶小沫在门口迎接我。院子是典型的四合院，敞亮而典雅，刚进里院，一墙绿葱葱的爬山虎扑入眼帘，使得夏日的燥热一下子减少了许多，阳光都变成绿色的，像温柔的小精灵一样在上面跳跃着，闪烁着迷离的光点。

叶小沫引我到客厅，叶老先生已在门口等候。见了我，他像会见大人一样同我握了握手，一下子让我觉得距离缩短不少。落座之后，他用浓重的苏州口音问了问我的年龄，笑着讲了句："你和小沫同龄呀！"那样随便、和蔼，作家头顶上神秘的光环消失了，我的拘束感也消失了。越是大作家越平易近人，原来他就如一位平常的老爷爷一样，让人感到亲切。

想来有趣，那一下午，叶老先生没谈我那篇获奖的作文，也没谈写作。他没有向我传授什么文学创作的秘诀、要素或指南之类。相反，他几次问我各科学习成绩怎么样。我说我连续几年获得优良奖章，文科、理科学习成绩都还不错。他说道："这样好！爱好文学的人不要只读文科的书，一定要多读各科的书。"

他又让我背背中国历史朝代，我没有背全，有的朝代顺序还背颠倒了。他又说："我们中国人一定要搞清楚自己的历史，搞文学的人不搞清楚我们的历史更不行。"我知道这是对我的批评，也是对我的期望。

我们的交谈很融洽，仿佛我不是小孩，而是大人，一个他的老朋友。他亲切之中蕴含的认真，质朴之中包容的期待，把我小小的心融化了，以至不知黄昏什么时候到来，悄悄将落日的余晖染红窗棂。我一眼又望见院里那一墙的爬山虎，黄昏中绿得沉郁，如同一片浓浓湖水，映在客厅的玻璃窗上，不停地摇曳着，显得虎虎有生气。

那时候，我刚刚读过叶老先生写的一篇散文《爬山虎的脚》，便问："那篇《爬山虎的脚》是不是就写的它们呀？"他笑着点点头："是的，那是前几年写的呢！"说着，他眯起眼睛又望望窗外那爬山虎。我不知那一刻老先生想起的是什么。

我应该庆幸，有生以来第一次见到作家，竟是这样一位大作家，一位人品与作品都堪称楷模的真正意义上的大作家。他对于一个孩子平等真诚又宽厚期待的谈话，让我十五岁那个夏天富有生命和活力，仿佛那个夏天变长了。我好像知道了，或者模模糊糊懂得了：作家就是这样做的，作家的作品就是这么写的。

在我的眼前，那片爬山虎总是那么绿着。

太阳味道的西红柿

日子过去得非常快，一旦成了历史，事情便很容易褪色。鲜亮的颜色总是漆在眼前或即将发生的事情上，而不在如烟的往事上。

在北大荒插队，秋天是最美的，瓜园里有吃不够的西瓜和香瓜，让我们解开裤带敞开地吃。但过了秋天，漫长的冬季和春季，别说水果，就是蔬菜都很难见到了。我们要一直熬到夏天的到来，才能尝到鲜，第一个鲜亮亮跑到我们面前的就是西红柿。在北大荒，我们是把西红柿当成宝贵水果吃的。想想一冬一春没有见过水果，突然见到这样鲜红鲜红的西红柿，当然会有一种和阔别多日的朋友（尤其是女朋友）相见的感觉。蠢蠢欲动是难免的，往往等不到西红柿完全熟透，我们就会在夜里溜进菜园，趁着月光，从架上拣个大的西红柿摘下，跑回宿舍偷偷地吃（如果能蘸白糖吃，比任何水果都要美味了）。

那时候，我最爱到食堂去帮伙，原因之一就是可以去菜园摘菜。北大荒的菜园很大，品种很多，最好看的还得属西红柿，其余的菜都是趴在地上的，比如南瓜、白菜、萝卜，长在架子上的菜总有一种高人一等的昂昂乎的劲头。但是，架上的扁豆还没有熟，北大荒的黄瓜五短身材难看死了，只有西红柿红扑扑的、圆乎乎的，样子很是耐看。没有熟的，青青的，没吃嘴里先酸了；半熟不熟的，粉嘟嘟的，含羞带啼般像刚来的女知青似的羞涩；熟透的，红透了从里到外，坠得架子直弯直晃……

离开北大荒好久了，还是总能想起那里的西红柿，尤其是那种皮是红的，切开来里面的肉是粉的，我们管它叫作面瓤的西红柿，有种难得的味道，不仅仅是甜是酸，也不仅仅是清新是汁水丰厚，真的是其他水果没有的味道。吃着这种西红柿，躺在一望无边的麦地里，或是躺在场院高高的囤尖上吃，是最美不过的了。我们会吃完一个扔一个，直至吃得肚子鼓鼓的再也吃不下去为止。那西红柿被晒得热乎乎的，总有一种太阳的味道。

回北京这么长时间了，总觉得北京的西红柿不好吃，酸、汁水少，没有北大荒面瓤的那种。特别是冬天在大棚里靠人造温度和催熟剂长大的西红柿，味道就更差了。而在国外有一种转基因的西红柿，样子很好看，价钱也便宜，但一点儿营养没有，更是无法吃。

想起我母亲还在世的时候，有一年的春天，在院子里种了一株丝瓜，一株苦瓜，还种了一棵西红柿。从小在农村长大的母亲，对于种菜很在行，夏天，这几种玩意儿全活了，长势不错，只是西红柿长不大，就那样青青的愣在架上萎缩了，最后只剩下一个终于长大了，渐渐地变红了。我告诉母亲别摘它。就那么让它长着，看个鲜儿吧。夏天快要过去了，整天晒在那里，它快要蔫了，母亲舍不得看着它蔫下去烂掉，从困苦中熬出来，一辈子总是心疼粮食蔬菜，最后还是把它摘了下来，在母亲的手里，西红柿虽然蔫了，却依然红红的，格外闪亮。那一天，母亲用它做了一碗西红柿鸡蛋汤。说老实话，我没吃出什么味儿来。

唯一一次西红柿鸡蛋汤吃出味道的，是三十多年前，弟弟的一位从青海来的朋友，请我到王府井的萃华楼吃饭。那时他们在青海三线工厂工作，比我们插队的有钱。那时候，我已经离开北大荒回到北京好几年了。我是第一次到这样的饭店来吃饭，是冬天，是在北大荒没有水果没有蔬菜的季节，这位朋友点菜时说得要碗汤吧，要了这个西红柿鸡蛋汤。那是一碗只有几片西红柿的鸡蛋汤，但那汤做得确实好喝，西红柿有一种难得的清新。蛋花打得极好，奶黄色的云一样漂在汤中，薄薄的西红柿片，几乎透明，像是几抹淡淡的胭脂，显得那样高雅。

之后，我真的再也没有喝过那样好喝的西红柿鸡蛋汤了。也许，是离开北大荒太久了。也许，仅仅是回忆中的味道。

夏至的天空

夏至的天空，白天最长，夜晚最短。夏至的天空，白天最热，夜晚最亮。

在周朝时，夏至曾经被定为一个盛大的节日。白天祭地，夜晚焚香，祈求灾消年丰，这是农业时代人们心底普遍的愿景。我曾经猜想，在那遥远的时代，人们之所以将夏至作为一个盛大的节日，大概是因为这时候正是丰收的时节，却也正是夏天雨涝的季节。如此，才格外祈望丰收能够延续、灾难能够消除吧！节气里，总是蕴含着人们最为朴素的心情，那心情随老天爷阴晴变化而跌宕起伏。节气里的"气"，便不只是气候，也有人们的心气在里面。

夏至这一天，如果不下雨，就是最好的时辰。传统民谚说：夏至到，鹿角解，蝉始鸣，半夏生，木槿荣。这谚语说得非常有意思，前两句说物，鹿和蝉，一个动物，一个昆虫。鹿角成熟了，可以割角了；夏天炎热了，蝉开始叫唤了。这是典型夏至的标志，一个有形，一个有声，梅花鹿和金蝉，可以作为夏至的形象代言。

不过，我一直喜欢这个谚语的后两句。后两句说的是花，半夏和木槿都要开花了，这让夏至一下子和花木繁盛的春天有了对比和呼应，夏天并不仅是丰收的季节，也是花开的季节。如今，在城市里，半夏很少能见到，但木槿却是公园和住宅小区里常见的。其实，夏至之后，盛开的不仅有木槿，合欢、紫薇、玉簪等也都会相继盛开。谚语里的半夏和木槿不过是代表罢了，如果夏至真的要有一个Logo（标志）的话，鹿和蝉、半夏和木槿还真的有一番比拼呢。

夏至的天空，因有了它们而变得活色生香。想一想，鹿摇动着美丽的犄角，从青青草地上奔跑而来，蝉在树叶间比赛似的撒了欢儿地鸣叫，再有那些夏花之绚烂与争奇斗艳，真的是奏响了一支夏至交响曲，在整个天空中激情四溢地回荡。

夏至的天空，最美的时候在夜晚。一年四季，夏至的夜晚是最短的，却也是最明亮的。在这时候眺望夜空，星河灿烂，能够看到很多一般日子里看不到的星星。即使不懂银河系里各种星座，也可以清晰地看到北斗七星、牵牛织女星、天狼星和太白星。这对于雾霾横行的今天而言，是格外难得一见的盛景，是夏至和夜空相互给予的一种馈赠。我小的时候，坐在四合院里，望着星光璀璨的夜空，认识并数点着那些星星，心里会觉得宇宙的浩瀚和生活的美妙。如果，再能够看到一次流星雨的壮观，是额外的收获了。

在四合院里还能够看到萤火虫。在夏至到来的日子里，这些发光的小虫给我们孩子带来了欢乐。轻罗小扇扑流萤，是那时候最美的情景。看萤火虫飞上天空，和星星上下呼应对话，一起扑闪着明亮的眼睛，会让我觉得夜空真的非常美丽又神奇。如今，这样的美丽神奇的夜景，已经很难看到了。前几天看报纸有消息说，在武汉东湖的牡丹园新造萤火虫馆，人们只能到那里去看人工制造的萤火虫夜景了。无论是玻璃罩还是水泥罩，隔开了夜空的萤火虫，就像玻璃缸里的金鱼一样，还有天然的情趣吗？

在我国，看夏至的夜空，最好去漠河。夏至前后，那里是白夜最好看的时节，可以看到一年最美的壮观景色。夜空因白夜的到来而变得格外空阔辽远，那些星辰的闪烁也变得异样的迷离。在北中国的夜空中，夏至把最神奇的景色托付给了漠河收藏并展示。

在国外，看夏至的夜空，最好去挪威的首都奥斯陆。夏至前后，6月的夜晚，那里要举办每年一度的室外音乐节。同漠河一样，那里也在欧洲遥远的北方，也有白夜无比的神奇。当"落日炮"响过之后，星星出来了，夜空还是一片明亮，音乐会开始了，动人的音符像萤火虫一样翩翩飞上蔚蓝洁净的夜空。当年，挪威最伟大的音乐家格里格，曾经指挥过音乐会，并演奏过他自己创作的乐曲，那应该是献给夏至最美妙的音乐了。

冬果两食

小时候，入冬后常吃的果子，不是现在的苹果、香蕉、梨之类，那时候，香蕉少见，苹果和梨还是有的，只是比较贵，买不起，很少吃罢了。常吃的是黑枣和柿子。这两样果子很便宜，而且禁放，保存的日子久，可以吃上整整一冬。

这是两种北方才有的果子。而且，必须是在北方的中部，再往北，到了黑龙江就见不到了。黑枣比柿子成熟要晚，黑枣落树，摆在城里的小摊上一卖，等于告诉人们，秋天结束，冬天就真的到了。在老北京人尤其是小孩子的眼睛里，黑枣上市，意味着月份牌要掀开冬天这一页了。

黑枣，名字叫枣，其实和枣并不是一家子，倒和柿子同属柿树科，是血脉相连的一家。吃起来，它们的味道还真有那么一点相似，特别是和晒干的柿饼的味道比，黑枣真的是有一种脱不开同宗同族的干系。只不过，黑枣的个头儿很小，也就如指甲盖那样大小，像是小时候没发育好，一直长不起来，和个头儿硕大的柿子没法比。两厢站在一起，一个如豌豆公主，一个似敦敦实实的胖罗汉。颜色也悬殊，一个黑得如小煤渣，一个橙红橙红的像小太阳。

它们都很便宜，黑枣，两分钱能买一大把，小贩一般用废报纸或旧书页，叠成一个漏斗形，抓一把黑枣撒在里面。这是小贩的精明，上宽下尖的纸包，装的黑枣显得很多。两分钱，也能买一个大柿子。不过，一般我们小孩子更愿意花两分钱买一包黑枣，一粒粒的，像吃糖豆儿，里面的籽儿又多，得边吃边不住吐籽儿，吃的时间会很长。

卖糖葫芦的小摊上，也有把一粒粒黑枣穿起来，蘸上糖，当糖葫芦卖。不过，起码要五分钱一串，而且，也没有几粒，我从来没有买过。应该说，那是黑枣的改良版、升级版。不过，包裹上一层糖稀结晶后的黑枣，即使像穿上了一层透明的盔甲披挂上阵，也只是虾兵蟹将而已，实在是个头儿太小了。

柿子也有改良版和升级版，柿饼便是其一。北方人晾晒柿饼是一绝，晒干的柿饼，外表挂一层白霜，像柿子整容后涂抹的粉底霜，容颜焕发。而且，改变了柿子的身材和模样，将原来的磨盘形的柿子晒成了扁扁的如同馅饼的样子，柿饼一名的"饼"字起得真好，那样形象，又有烟火气。柿饼冬天可以吃，夏天也可以吃，而且是夏天做冷食果子干必不可少的最重要的食材。在没有冰箱储存、没有变季果蔬的年月里，一种水果，四季可吃，是很少见的。柿子变为柿饼，足见大自然的功力，水果如此易容变色的，也是很少见的。

冻柿子也是柿子的一种变体。表面模样没变，但在数九寒风天的作用下，柿子冻得梆梆硬，里面的果肉都冻成了结实的冰块儿。在北京所有的水果里，只有冻酸梨能和它有一拼，其他任何水果这样一冻就没法再吃了。如果说水果和人一样，也是有性格的话，那么，柿子的性格和经霜雪后而不凋的松柏，有几分相似。有时候，我觉得特别像那些在朔风呼啸的冬天里跳进冰河里冬泳的人。

我最爱吃的是这种冻柿子。我看周围不少孩子，和我一样也爱吃这玩意儿。冻柿子必须要用凉水拔过才能吃，否则根本咬不动。凉水和冻柿子，都是一样的冰凉，凉碰凉，竟然相互渗透，彼此化解，像石头和石头碰撞出火花一般，起到了神奇的作用，等柿子外面结成了一层透明的薄冰的时候，凿碎薄薄的冰壳，柿子就可以吃了。那时候，家里的大人买回来冻柿子，我和弟弟就迫不及待地从自来水管子接来满满一盆凉水，开始拔柿子。蹲在地上，看着凉水中冻柿子的变化，像看一出大戏，等待着高潮出现，那高潮我们早已经知道，就是柿子的外壳出现那一层薄冰。等了老半天也没见动静，最让我们心急如火。

终于等到柿子的外壳渐渐地被凉水拔出了一层薄薄的冰，每一次都会让我们兴奋异常。柿子皮像纸一样薄，几近透明；里面的肉，已经变成了糖稀一样黏稠，咬开一个小口，使劲儿一嘬，里面的果肉像汁液一样流淌出来，很自觉地就顺着嗓子眼儿滑进肚子里，冰凉，转而热乎，甜甜的，又有一丝丝香味，真是一种奇妙无比的感觉。现在想想，有点儿像奶昔。北京人形容这种柿子和吃柿子的样子，叫作"喝了蜜"。

吃到最后，如果还只剩下咬破的那一个小口，其他地方没破的话，我会用嘴对着这个小口，使劲儿地吹气，把柿子皮吹得鼓鼓胀胀，像一个小皮球。对着阳光照，薄薄的柿子皮，被阳光映照得橙红色变淡，阳光像水一样在里面流淌。如果柿子皮破了，我就将皮撕开，吃里面的柿子核。柿子核外面包裹着的一层肉很有韧性，禁嚼，和柿子肉不是一种味道。我特别喜欢嚼柿子核。有时候，我会突然觉得，柿子核，会不会就是柿子的心呀？我怎么会把人家的心给嚼了呢？就会觉得人真的太残忍了。什么都吃！

大人也爱吃这种"喝了蜜"的冻柿子。有些大人按照祖辈传下来的老规矩，入九之后，每个九的第一天，吃一个冻柿子，一直吃到九九，可以防止咳嗽。这样的传统，有点儿像画九九消寒图，在每个九时画上一朵梅花，到九九结束的时候，满纸梅花盛开，图的都是冬去春来的吉利与安康。那时候，我住的大院里，房东特别信奉这样吃冻柿子治咳嗽的老法子。他家的窗台上，入冬后会摆放一排整整齐齐的磨盘柿子，格外醒目。那时候，北京雪多，赶上下雪天，橙黄的颜色，在白雪的衬托下，那样鲜艳，像是给房东家镶嵌起一道琥珀项链，成为我们大院独特的一景。

前两年的冬天，芝加哥大学东亚系的宝拉教授，带着她的美国学生到北京访学。她是意大利人，在美国读的博士后，教授中国文学，说一口流利的中文。她对史铁生很感兴趣，专门请我带她到史铁生家中拜访过。这一次，她教的这些学生刚刚读过老舍的《骆驼祥子》，便找我帮她带着第一次来到中国的这帮年轻学生，看看北京的老胡同。我带他们逛八大胡同。在陕西巷的赛金花旧居怡香院附近，看到一家窗前摆着一排柿子。在美国，她没有见过，问我这是什么，我告诉她是柿子，要冻过之后再用凉水拔过之后再吃，以及入九之后每个九的第一天吃这样一个"喝了蜜"的冻柿子，可以治咳嗽的传统。她听了很惊奇，将我的一番话翻译成英文给她的学生们听，学生们也很惊奇，连连掏出手机给这一排陌生的柿子噼里啪啦地拍照。

　　以前，在老北京的院子里，讲究种一些树木，种柿子树的有不少，图的是"事事（柿柿）如意"的吉利。这样的传统，在我们的国画里，从古至今一直还在不断地画，不断地体现。种枣树的也有不少，特别是结马牙枣的枣树。最有名的是郎家园的枣树，郎家园以前是清朝皇家的御用外国画家郎世宁旧地。但是，种黑枣树的极其少见。曾经走访过老北京那么多的老院，我只在西河沿192号，原来的莆仙会馆里，见过一棵老黑枣树。那年夏天，我专门到那里看这棵老黑枣树，它正开着一树的小黄花，落了一地的小黄花，碎金子一般闪闪发光。我不明就里，为什么北京院落里少见黑枣树。大概黑枣不如马牙枣红得红火，更不如柿子吉利吧，过去老北京话，管被枪毙叫作"吃黑枣儿"，是挨枪子儿的意思。但是，黑枣真的很好吃，黑枣花真的很漂亮，比枣花要漂亮得多。

　　不过，再如何好吃好看，还是抵不过柿子树，传统的力量，是拗不过的。

在山西街，京剧名宿荀慧生的老宅还在，当年他亲手种植的老柿子树也还在。荀慧生先生在世的时候，柿子熟了，他是不许家里人摘的，一直到数九寒冬，他也不许家人摘，只有来了客人，才用竹梢打下树枝头梆梆硬的冻柿子，用凉水拔过，请客人就着冰碴儿吃下。树梢上剩下的冻柿子，在过年前，他才会让人打下来，给梅兰芳送去，分享这一份只有冬天才有的"喝了蜜"。

没记住名字的美术老师

在汇文读书时教过我的老师，我都记住了他们的名字。唯独美术老师，连姓什么都没有记住。

她是代课老师，四十来岁，不苟言笑，总是很严肃的样子，比像刷了一脸糨糊板正的班主任老师还显得严厉。

那时，我刚上初一。中学有专门的美术教室，软硬件都很齐全，每人一把右边带拐弯的木椅子，是专门为美术教室定做的，方便一边听课一边画画，真的觉得中学就是和小学不一样，仿佛自己一下子长大了许多。每次上美术课，老师会给每人发一张图画纸，让大家在上面画。偶尔，老师教我们照石膏像写生；有时老师也会拿来她自己画的一张画，让我们照葫芦画瓢，但也只是偶尔。大多时候，是布置一个题目，让我们随意画，当场画完，交给老师，下次上课时，老师发下来，上面有老师的评分。她也不讲评，只是让我们画。

只有初一和初二两年有美术课，我已经忘记了是一周一节还是两周一节。美术课是副科，大家都不太重视，我还是很期待的，因为那时候我喜欢画画。我写过一篇作文——《一幅画像》，里面写的就是我上数学课画画的事情。

我们班上有两个同学画画最好，他们都拜了画家吴镜汀为师，放学之后，常到吴镜汀家学画，然后第二天到学校来和我白话。受他们的影响，我也喜欢涂涂抹抹，虽然赶不上他们二位画得那样好，但总还是画得有点儿模样吧。当然，这只是我自己这样觉得，所谓敝帚自珍吧。

可气的是，美术课上每一次作业，这位老师给我判的分最高只是"良"，一次"优"也没有。那时候，我少年气盛，喜欢争强好胜，也因为每学年评定可否获得优良奖章，要求期末所有科目评分必须要在"良"以上，所以，我非常努力想画好，哪怕只是争取得到一个"优"也好。但是，每一次发下作业，看到自己的画上面，老师给我不是"中"就是"良"，很让我丧气，又很不服气，特别想找老师理论理论。但一想到她那张总是绷着糨糊的脸，就泄了气。

我各科的学习成绩都好，唯独美术课拉了后腿。但是，现实残酷，让我只能退而求其次，没有"优"就没有吧，命中注定，不是你的，就别再强求。希望"良"多一点儿而"中"少一点儿，就念佛了。到期末，这位老师总评分能够发慈悲给我个"良"，不耽误评优良奖章就行了。不过，说句心里话，每次发下作业，看到上面的评分，再看看老师那张冰冷的脸，都让我提心吊胆，心总是紧攥着，生平头一次感到自己的小命是掌握在这美术老师的手心里。

没有想到，初一这一年成绩册发下来，我打开一看，美术课一栏，给我的总评分是"良"。一直提到嗓子眼儿的那颗悬着的心，终于安稳地放进肚子里了。想想这位美术老师，还是挺善解人意的，起码懂得我的心思。再想想她那一张绷满糨糊的脸，也不觉得那么冷若冰霜了。再开学上美术课，我应该谢谢她高抬贵手才是。

初二开学第一节美术课，站在美术教室门口的，是一位高个子的男老师，姓邓，叫邓元昌，是正式从美专学院调过来的美术老师。那位女老师不再代课了。从此，我再也没有见过她。

美术课，是中学最不起眼的副科，美术老师相应地也处于教师队伍的边缘位置，清闲，却也不受重视。美术老师真正受到重用，是在"文化大革命"早期，我们学校的教学楼前悬挂的巨幅毛主席画像，花坛中矗立起来的毛主席挥手的巨型水泥雕像，都是邓老师主要在忙乎，其他老师当帮手。看他一个人站在脚手架上，挥洒着油画笔，或拍打着水泥，总会让我想起初一教过我一年的那位不苟言笑的女美术老师，如果她还在我们学校，也会和邓老师一起忙乎，有了她的用武之地。可是，我连她的姓都忘记了。每次想到这儿，我都很惭愧。

憨老头儿

　　我住的大院很老了，据说前清时就有了。建大院的，是一个进京赶考没有考上进士，后来当了商人的人。我家搬进住的时候，大院早已经破败，但三进三出的院落还在，前出廊，后出厦，大影壁、高碑石、月亮门、藤萝架，虽然都残破了，也还都在，可以想象前清建造它时的烟火鼎盛。院子大是大，唯一的缺点，就是只有一个公共厕所。当初，人家就是一家人住，一个厕所够用了，谁想后来陆续搬进来那么多人，当然就显得紧张了。全院二十多户人家老老少少，一般都得到那里方便，一早一晚，要是赶上人多，着急的人就只好跑到大街上的公共厕所。

　　厕所只有两个蹲坑，但外面有一条过道，很宽阔，显示出当年的气派来。走过一溜足有七八米长的过道，然后有一扇木门，里面带插销，谁进去谁就把插销插上。我们孩子中常常有嘎小子，在每天早上厕所最忙的时候，跑进去占据了位置，故意不出来，让那些敲着木门的大爷干着急没辙。我们管这个游戏叫作"憋老头儿"，是我们童年最能够找到乐子的一个游戏。

厕所过道的那一面涂成青灰色的山墙，则成了我们孩子的黑板报，大家在"憋老头儿"的时候，用粉笔或石块往上面信笔涂鸦。通常是画一个长着几根头发的人头，或是一个探出脑袋的乌龟，然后在旁边歪歪扭扭地写上几个大字：某某某，大坏蛋；某某某，喜欢谁谁谁之类，自然，前者的某某某是个男孩子，后者的谁谁谁是女生。当这个某某某的男孩子上厕所时，一眼看见了墙上的字和画，猜想出是谁写谁画的后，就会把某某某几个字涂掉，再写上一个新的某某某，要是一时猜不出是谁写的，就在旁边写上：谁写的谁是王八蛋！

大院的孩子，无形中分成了两派：一派是以九子为首的一大帮，一派则是孤零零的大华一个人。大华那时确实很孤独，除了我还能和他说几句话之外，没有一个孩子理他。当然，这其中也有怕九子的因素在内，想略微表示一下同情也就不敢了。九子的一头明显占了绝对的上风，弄得大华抬不起头，惹不起，就尽量躲着他们。

九子的领袖地位似乎是天生形成的，也可以说是九子就有这个天分。孩子自然而然地围着他，他说什么，大家都信服，也照着办。他的一个眼神、一个手势、一个口哨，就能够把全院的孩子们像招鸟一样招过来。

大华倒霉就倒霉在他是个私生子，他是前两年才和他姑姑一起搬进我们大院里来的。他一直跟着他姑姑过，他的妈妈在外地，偶尔会来北京看看他，但谁都没有见过他爸爸，他自己见过没见过，谁也不清楚，我曾经想问他的，但最后还是没敢问。

九子领着一帮孩子，都不跟大华玩，还把当时我们在学校里唱的《我是一个黑孩子》的歌词"我是一个黑孩子，我的家在撒哈拉沙漠以南的非洲"给改成了："我是一个黑孩子，我的家不知在何处……"故意唱给大华听。一遍一遍地反复地唱，一直唱到大人们听见了，出来干涉，把九子他们骂走。

九子住在前院一间东房里，那是我们大院里最次的房，有道是有钱不住东南房。大华住在后院三间坐南朝北的大瓦房里，是我们大院最好的房，当年建大院的那个商人一家的主人就住在那里。那时，九子和大华比我高两年级，都上小学五年级，却成了不共戴天的仇人。我夹在他们中间，像三明治一样难受。我既不想得罪九子，对大华也很同情。九子他们决心要把大华搞臭到底，九子要占领舆论阵地，厕所的那面墙，成了最好的地方。首先，九子招呼着他的那些小喽啰，把平常"憋老头儿"的功夫用到了大华身上，每逢大华要上厕所时，十有八九被憋。好不容易进去了，一面山墙上写满的都是：滕大华是一个黑孩子，滕大华没妈又没爸……之类的话。大华擦了一遍，墙上很快又出现同样的内容。

大华只好不再上大院里的厕所，宁可跑到大街上去上公共厕所。每一次，大华都要拽上我，陪他一起跑到大街上的公共厕所去。那时他把我当成了他唯一的朋友。他是个私生子，我有个后妈，我们两人同病相怜，自然成了朋友。

那个公共厕所离我们大院很远，我们得跑一两百米，每次都像是冲刺似的，你追我赶的，迎风呼呼直叫，特别来劲，在大街上很惹人眼目，以为我们是在练跑步，或者是在抽风。这时候，大华总是显得很高兴，忘记了一切的不愉快。

有一天下午放学，刚刚走出学校的门口，我看见九子突然一面墙似的横在我的面前。他一步走近我，鼻子尖都快顶住我的鼻子尖了，眼光很凶地死死地盯着我。他是特地在这里憋住了我，我知道他要干什么，一定是要我不再理大华。

果然，他把这话说出了口。

"听见了吗？"

我没有说话。

他又问了我一遍："你聋了怎么着？问你话呢，听见没有？"然后，他挥挥拳头，"你想尝尝'栗子暴'怎么着？"

我怕他，只好点了点头。

"不行，点头不算，你必须说话答应！你又不是哑巴。"

许多学生都围了上来，好多是九子他们班上的，是他的同伙。我只好答应了。

答应了，是答应了，心里总觉得有些对不起大华，也恨九子太霸道。当大华找我时，我还是和大华在一起。看到大华孤零零一个人在大院里徘徊，总觉得自己也很孤独，和大华有一种同病相怜的感情。

大院里的孩子开始不再和我玩了，见了我，就远远地走开。他们在一起玩，比如玩官兵捉匪或老鹰捉小鸡的游戏或者斗蛐蛐时，故意把我闪在一边，成心对着我大呼小叫，向我示威。我知道，是九子的主意，他们把我和大华彻底孤立起来了。

就在这时候，大院厕所的那面山墙上出现了新的内容，画着两个小孩的头，一个高，一个低，一个圆，一个方，歪歪扭扭地在一边写着上下两行大字：肖复兴没妈滕大华没爸，肖复兴和滕大华是一丘之貉（这是九子在语文课本里新学的成语）！

这事把我惹火了，一种从来没有的自尊心被伤害的感觉，让我燃起复仇的火焰。那天晚上，我找到大华，问他："你看见厕所墙上的东西了吗？"

他点点头。

我说："欺人太甚了！"

他又点点头。

我说："咱们得报仇，你说对不对？"

他接着点点头，然后问我："怎么报？"

我说："首先要捉贼捉赃，捉到写的人，跟他没完。"

于是，每天在上学前的早晨和放学后的晚上，我和大华分工合作，分别盯着去厕所的所有的孩子。有时候，我们两人索性藏在厕所里，希望能够看到他们动手往墙上瞎写瞎画的时候，一把抓住他们的手。他们似乎知道了自己的身后落有我们的目光，都有些收敛，以至于我们一连好多天都一无所获。

那天早晨，九子的爸爸上厕所，厕所的木门关着，老爷子刚要走，听见里面有人在说话，是九子的声音，隔着门缝一看，看见九子正在往墙上瞎写呢，气得老爷子一脚踹开门，上前扭住他的胳膊，在厕所里就把他臭揍一顿，算是替我们报了仇。

从此，厕所黑板报的内容才有了更改。

九子和大华都上了中学以后，对到厕所去玩"憋老头儿"的游戏，越来越失去了兴趣，都觉得有些太小儿科了吧。于是，那块阵地便让位给了新起来的一帮小孩子了。

冰雪的向往

有冰雪的冬天，对孩子而言多了童话般的美好，几乎没有孩子不对冰雪充满向往的。我想，这大概是因为冰雪是白色的，晶莹洁净，没被污染，为天真未凿的孩子心灵世界镜像的缘故。如果冰雪是五颜六色的，便不会有这种感觉了，起码对孩子而言，就失去了对纯净童话世界的种种想象。浓妆艳抹的涂饰，姹紫嫣红的披挂，对冰雪来说都是不合适的。造物者就是厉害，在花花世界里，差遣白色的冰雪来让我们清神明目，涤心净魂。

小时候，冰雪于我，主要是玩，下雪结冰的日子就是我的"节日"，可以在冰天雪地里撒开欢儿地玩了。打雪仗、堆雪人是我与冰雪最初的游戏，也是多数孩子亲近冰雪的起点。这游戏司空见惯，却几百年来延绵不绝，成为最传统，也最富生命力的冬日游戏。老话说"清风朗月不用一钱买"，冰雪和清风朗月一样，都是老天爷慷慨的赐予，对所有孩子一律平等。即使现在的孩子玩的游戏花样百出，也没有一样可以与冰雪的游戏相媲美，因为它去尽雕饰，最接地气，还能无师自通，百玩不厌，趣味无穷。

上小学后，我把两根粗铁丝绑在一块木板下面，做成简易的冰鞋，虽然外表粗陋，但实用。那时候北京的冬天比现在冷，雪天也比现在多，雪后的街道结了厚厚一层冰，我的简易冰鞋便派上用场——一只脚踩着它，另一只脚使劲儿蹬地，直奔学校而去。脚下生风，耳边掠风，是冰雪带给我的新玩法。可以说，这是我冰雪游戏的"升级版"。

于我而言，冰雪真正发生质的变化，从单纯的游戏升华为艺术，是在小学五年级的时候。一个星期天的下午，鬼使神差般，我走到王府井北口，往西一拐，见中国儿童艺术剧院正在上演话剧《白雪公主》，票价很便宜，我便买了张票准备一探究竟。那是我第一次看话剧，绛紫色的丝绒幕布缓缓拉开，炫目的灯光映照着舞台上的冰雪世界，和我以往见过的迥然不同……尽管这部话剧的内容我已经记不大清了，但舞台上美妙的冰雪世界我一直记得。原来冰雪世界可以变成这等模样，是艺术让冰雪"点石成金"。

青春年岁远赴北大荒，比起北京，那里的冰雪景观更丰富。所谓"千里冰封，万里雪飘"的壮观景色，我到北大荒之后才算真正领略，舞台上的冰雪世界，不过是"盆景"而已。来北大荒第一年的国庆节上午，我正在场院上干活，眼见雪花成群结队从天边迤逦飘然而来。雪花并不是直接落在头顶的，它时而像芭蕾舞者轻盈踮脚，时而像列兵成阵扬蹄呼啸，那阵势，甚是奇妙。面前的茫茫荒原，魔术般变得一片皑皑。

我在北大荒做过的最"壮观"的一件事，是用井水在学校前的篮球场上浇了一块小小的土冰场。那时候我正在队上当小学老师，一时心血来潮，带着学生在土冰场上滑冰，学生竟然玩得很开心。其实北大荒的冬天，讲究的是"猫冬"——躲在屋子里，待在火炕上，嗑"毛嗑儿"（葵花子）以消磨时间。自从有了土冰场，下课后、放学后，那里便欢笑声四起，成为当时队上颇引人注目的一景。孔子说"有教无类"，这冰雪是"有玩无类"——不分民族地域，不分贫富贵贱。

我上大学很晚，是恢复高考后的第二年，整整晚了十二年，青春早已是挑水的回头——过井（景）了。班上的同学年龄不小，大家都经受过磨难的历练，又喜欢文学与戏剧，其他课程的学习没什么问题，唯独体育课有些力不从心。偏偏学校的体育课花样繁多，老师的要求又特别严格。学校离什刹海很近，在校四年，夏天到什刹海游泳池游泳，冬天到什刹海冰场滑冰，成了我们的必修课。游泳还好，即使不会，可以在浅水池里泡着；滑冰不行，总在旁边坐着太扎眼，老师也会走过来催你学。于是，这些老大不小的同学丑态尽出，在冰上连连跌跤，按北京话说，不是摔得狗吃屎，就是老太太钻被窝儿，要不就是摔个大屁蹲儿。那会儿，很多人不会滑冰，南方来的同学甚至连冰雪都没见过。

对我而言，我是第一次到正经的冰场滑冰，小时候生活拮据，哪儿有闲钱滑冰呀！只能用土法制作冰鞋，把马路当冰场。我也是第一次穿冰鞋，那种花样冰刀鞋，薄薄的冰刀，还那么高，在冰上能站得稳吗？我一边穿鞋，一边暗自思忖，生怕一会儿跌倒露怯。没想到上冰之后，虽然摇摇晃晃，打了几个趔趄，却没有跌倒，居然还在冰上滑了起来。绕着冰场转圈的感觉真好，风在耳畔呼呼响着，仿佛是《溜冰圆舞曲》的调子……

黑龙江阿城附近有一个辽金古城遗址，遗址旁边有座挺大的滑雪场，十几年前，我在这里第一次接触了滑雪。记得那是雪后的清晨，雪场上的雪经过处理，厚实而平滑，由于有长长的斜坡，在阳光下就像一面斜放的巨大镜子，雪地的反光和直射的阳光交织在一起，让整个滑雪场显得闪亮。如果不戴墨镜，真晃眼睛。

滑雪比滑冰难多了，但比滑冰好玩。一穿上滑雪板，我连路都不会走了，起初怎么也滑不起来，后来终于能滑动了，结果没滑几下就摔个大屁蹲儿，弄得浑身是雪，狼狈得像笨狗熊。初次滑雪，尽管赶不上《林海雪原》里少剑波与杨子荣带领战士们穿林海、跨雪原时的潇洒自如，更赶不上专业滑雪运动员高山滑雪、单板滑雪时的精彩绝伦，但在雪上滑起来，真有一种腾云驾雾的感觉——脚是轻的，身子是轻的，雪花托起你，就像浪花托起小船一样。雪花那么轻，轻得没有一点儿分量，但它竟然蕴藏着这么大的能量……

滑雪是滑冰的"升级版"，是属于勇敢者的运动。它和大自然更紧密地联系在一起，无论是高山滑雪还是跳台滑雪，都要在崇山峻岭之中，都要有浩瀚的森林为伴；有雄浑辽阔的自然作为"观众"，这是任何一项体育运动都难以匹敌的。人类真是了不起，不仅创造了夏季奥运会，还创造了冬季奥运会，将奥运会推向两极的制高点，让人们在体育运动中了解冰雪，看清自己和世界。

我当过整整十年的体育记者，采访过夏季奥运会，也采访过世界友好运动会、亚洲运动会、全国运动会和很多国际单项体育赛事，唯独没有采访过冬季奥运会；不得不说，这是我记者生涯中的一个遗憾。冬季奥运会不仅成就了奥林匹克运动的另一座巅峰，也将冰雪升华为一种令人憧憬和向往的艺术。而作为"双奥之城"的北京，是非常了不起的。二十年前，北京获得第二十九届夏季奥运会的主办权，为此我写了一篇文章——《向往奥运》；今年，北京举办第二十四届冬季奥运会，我写了这篇《冰雪的向往》。

在《向往奥运》中，我写过这样一段话，觉得它依然适合于当下："一个国家、一座城市能够举办一次奥运会，会使得这个国家、这座城市和这里的人民变得多么的美好。那一刻你就会明白，体育不仅仅是体育，它以自身特殊的魅力影响着一切。"

非常有意思的是，写这篇文章的时候，我正在赶写一本儿童小说《水上花》，说的是跳水比赛，体育和我还真的有缘。我希望下一本书能说说滑雪比赛，这本书的名字，就叫《雪上花》吧。

白雪红炉烰白薯

　　如今，冬天里白雪红炉吃烤白薯，已经不新鲜，几乎遍布大街小巷，都能看见立着胖墩墩的汽油桶，里面烧着煤火，四周翻烤着白薯。这几年还引进了台湾版电炉烤箱的现代化烤白薯，立马丑小鸭变白天鹅一样，在超市里买，价钱比外面的汽油桶高出不少，但会给一个精致一点的纸袋包着，时髦的小妞儿跷着兰花指拿着，像吃三明治一样优雅地吃。

　　在老北京，冬天里卖烤白薯永远是一景。它是最平民化的食物了，便宜，又热乎，常常属于穷学生、打工族、小职员一类的人，他们手里拿着一块烤白薯，既暖和了胃，也烤热了手，迎着寒风走就有了劲儿。记得老舍先生在《骆驼祥子》里，写到这种烤白薯，说是饿得跟瘪臭虫似的祥子一样的穷人，和瘦得出了棱的狗，爱在卖烤白薯的挑子旁边转悠，那是为了吃点儿更便宜的皮和须子。

民国时，徐霞村先生写《北平的巷头小吃》，提到他吃烤白薯的情景。想那时他当然不会沦落到祥子的地步，他写他吃烤白薯的味道时，才会那样兴奋甚至有点儿夸张地用了"肥、透、甜"三个字，真的是很传神，特别是前两个字，我是从来没有听说过谁会用"肥"和"透"来形容烤白薯的。

但还有一种白薯的吃法，今天已经见不着了，便是煮白薯。在街头支起一口大铁锅，里面放上水，把洗干净的白薯放进去一起煮，一直煮到把开水耗干。因为白薯里吸进了水分，所以非常软，甚至绵绵得成了一摊稀泥。想徐霞村先生写到的"肥、透、甜"中那一个"透"字，恐怕用在烤白薯上不那么准确，因为烤白薯一般是把白薯皮烤成土黄色，带一点儿焦焦的黑，不大会是"透"，这个字用在煮白薯上更合适。白薯皮在滚开的水里浸泡，犹如贵妃出浴一般，已经被煮成一层纸一样薄，呈明艳的朱红色，浑身透亮，像穿着透视装，里面的白薯肉，都能够丝丝的看得清清爽爽，才是一个"透"字承受得了的。

煮白薯的皮，远比烤白薯的皮要漂亮，诱人。仿佛白薯经过水煮之后脱胎换骨一样，就像眼下经过美容后的漂亮姐儿，须刮目相看。水对于白薯，似乎比火对于白薯要更适合，更能相得益彰，让白薯从里到外地可人。煮白薯的皮，有点儿像葡萄皮，包着里面的肉简直就成了一兜蜜，一碰就破。因此，吃这种白薯，一定得用手心托着吃，大冬天站在街头，小心翼翼地托着这样一块白薯，喔起小嘴喔里面软稀稀的白薯肉，那劲头只有和吃"喝了蜜"的冻柿子有一拼。

老北京人又管它叫作"炜白薯"。这个"炜"字是地地道道的北方词，好像是专门为白薯的这种吃法定制的。炜白薯对白薯的选择，和烤白薯的选择有区别，一定不能要那种干瓢的，选择的是麦茬儿白薯，或是做种子用的白薯秧子。老北京话讲：处暑收薯，那时候的白薯是麦茬儿白薯，是早薯，收麦子后不久就可以收，这种白薯个儿小，瘦溜儿，皮薄，瓢儿软，好煮，也甜。白薯秧子，是用来做种子用的，在老白薯上长出一截儿来，就掐下来埋在地里。这种白薯，也是个儿细，肉嫩，开锅就熟。

当然，这两种白薯，也相应地便宜。炜白薯这玩意儿，是穷人吃的，从某种程度上，比烤白薯还要便宜才是。我小时候，正赶上全国闹自然灾害，每月粮食定量，家里有我和弟弟正长身体要饭量的半大小子，月月粮食不够吃。家里只靠父亲一人上班，日子过得拮据，不可能像院子里有钱的人家去买议价粮或高价点心吃。就去买白薯，回家炜着吃。那时候，入秋到冬天，粮店里常常会进很多白薯，要用粮票买，每斤粮票可以买五斤白薯。但是，每一次粮店里进白薯了，都会排队排好多人，都是像我家一样，提着筐，拿着麻袋，都希望买到白薯，回家炜着吃，可以饱一时的肚子。炜白薯，便成为那时候很多人家的家常便饭，常常是一院子里，家家飘出炜白薯的味儿。

过去，在老北京城南一带因为格外穷，卖炜白薯的就多。南横街有周家两兄弟，卖的炜白薯非常出名。他们兄弟俩，把着南横街东西两头，各支起一口大锅，所有走南横街的人，甭管走哪头儿，都能够见到他们兄弟俩的大锅。过去，卖烀白薯的，一般都是兼着五月里卖五月鲜，端午节卖粽子，这些东西也都是需要在锅里煮，烀白薯的大锅就能一专多能，充分利用。周家这兄弟俩，也是这样，只不过他们更讲究一些，会用盘子托着烀白薯、五月鲜和粽子，再给人一支铜钎子扎着吃，免得烫手。他们的烀白薯一直卖到了中华人民共和国成立以后的公私合营，统统把这些小商小贩归拢到了饮食行业里。

五月鲜，就是五月刚上市的早玉米，老北京的街头巷尾，常会听到这样的吆喝：五月鲜来，带秧儿嫩来哎！市井里叫卖的吆喝声，如今也成了一种艺术，韵味十足的叫卖大王应运而生。以前，卖烤白薯的一般吆喝：栗子味儿的，热乎的！以当令的栗子相比附，无疑是高抬自己，再好的烤白薯，也是吃不出来栗子味儿。烀白薯，没有这样的攀龙附凤，只好吆喝：带蜜嘎巴儿的，软乎的！他们吆喝的这个"蜜嘎巴儿"，指的是被水耗干挂在白薯皮上的那一层结了痂的糖稀，对那些平常日子里连糖块都难得吃到的孩子们来说，是一种挡不住的诱惑。

说起南横街东西两头的周家兄弟，我想起了小时候我家住的西打磨厂街中央的南深沟的路口，也有一位卖烀白薯的。只是，他兼卖小枣豆儿年糕，一个摊子花开两枝，一口大锅的余火，让他的年糕总是冒着腾腾的热气。无论买他的烀白薯，还是年糕，他都给你一片薄薄的苇叶子托着，那苇叶子让你想起久违的田间，让你感到再不起眼的北京小吃，也有着浓郁的乡土气。

　　长大以后，我在书中读到这样一句民谚：年糕十里地，白薯一溜屁。说的是年糕解饱，顶时候；白薯不顶时候，容易饿。便会忍不住想起南深沟口上那个既卖年糕又卖白薯的摊子。他倒是有先见之明一样，将这两样东西中和在了一起。

　　懂行的老北京人，最爱吃锅底的烀白薯，是烀白薯的上品。那样的白薯因锅底的水烧干让白薯皮也被烧煳，便像熬糖一样，把白薯肉里面的糖分也熬了出来，其肉便不仅烂如泥，也甜如蜜，常常会在白薯皮上挂一层黏糊糊的糖稀，结着嘎巴儿，吃起来，是一锅白薯里都没有的味道，可以说是一锅白薯里浓缩的精华。一般一锅白薯里就那么几块，便常有好这一口的人站在寒风中程门立雪般专门等候着，一直等到一锅白薯卖到了尾声，那几块锅底的白薯终于水落石出般出现为止。民国有竹枝词专门咏叹："应知味美惟锅底，饱啖残余未算冤。"

　　如今北京的四九城，哪里还能够找到卖这种"烀白薯"的？

借书奇遇记

1971 年的冬天。那天，"大烟泡儿"铺天盖地地刮了一整天。我在二队里的猪号里干完活，刚吃完晚饭不久，饲养棚的门被推开了，是我的一个在场部兽医站工作的同学。看着他一身雪花像个雪人一样突然出现我的面前，心里很是惊讶。从他那里到我这里，要走整整十六里的风雪之路呀。我以为出了什么事情。

他不容分说，让我赶紧穿好衣服，匆忙地拉着我就往外走。外边的雪下得正猛，我们两人冲进风雪中。白茫茫的一片，立刻吞没了我们。

一路上，我才知道，他们兽医站有一个叫作曹大肚子的人，是钉马掌的，不知怎么听说二队出了我这么一号人，挨整后发配到了猪号。同学告诉他"这个肖复兴是我的同学"，而且，还告诉他我特别想看书，把从北京带去的一箱子的书都翻烂了……只那么随便地一聊。就在那天傍晚要下班的时候，曹大肚子对我的这个同学讲："你让你的那个同学肖复兴来找我！他不是爱看书吗？"

"你听听，他这口气，不小呢。我这不立马儿就跑来找你，不管他是真有书还是假有书，明天一清早，他来上班看见你在兽医站等着他呢，先表明咱们心诚。"

他想得真周到。那时，队上只有队部里一部电话，根本不会为我跑到猪号那么老远去传电话，他只好跑那么远，顶着风雪来回三十二里的奔波，我心里翻起一阵热浪头。

虽然对这个曹大肚子心存疑惑，但也幻想着他备不住会藏龙卧虎，别错过了机缘而遗憾。书，仅仅是为了书，而不是如今时髦的美景或美女什么的，竟然也能够有如此诱惑，冬天里的一把火一样，立刻燃烧起腾腾的火焰，从心里一直蹿到天灵盖，让我们有一种"远道赴约绝对不能迟到"的蓦然而起的冲动。

我们两人急匆匆往兽医站赶，在零下几十摄氏度的寒夜里，竟然走出了一身的汗。第二天一清早，曹大肚子出现在我们的面前，我的同学向他介绍我的时候，我看出他有几分惊讶。没有想到风雪之中我们是如此神速。

第一印象是很深刻的：他中等个儿，很胖，穿着一身旧军装，挺着小山凸起般的大肚子，双手背在身后，眼睛望着上面，似乎根本没有看我，有几分傲慢地问我："你都想看什么书呀？写个书单子给我吧！"

我当时心想，莫非这家伙真是有藏书，还是驴死不倒架摆这个派头？因为昨天夜里和同学在一铺炕上睡觉时，我已经向同学打听清楚了，他以前是我们农场办公室的主任，当过志愿军，1958年十万转业官兵到北大荒的时候，从辽宁的沈阳军区来到了北大荒，1965年开发大兴岛时，从七星河调到这里。"文化大革命"里倒了霉，被打成走资派批斗之后，发配到兽医站钉马掌。

听他说话的那口气，似乎不容置疑，半信半疑之中，我写下三本书的书名。到现在依然清晰地记得：一本是亚里士多德的《诗学》，一本是伊萨科夫斯基的《论诗的秘密》，一本是艾青的《诗论》。说老实话，我心里是想为难他一下，别那么牛，这三本书就是在北京当时也不好找，别说在这荒凉的北大荒了。我是不相信，这样三位老人，能存活在一片风雪荒原之上的。

谁想到，当天的下午，他来兽医站上班，把用报纸包着的三本书递到我的手中，打开一看，一本不差，还真的是这三本书。我对他不敢小看，不知水到底有多深。

在北大荒最后的两年多时间，曹大肚子那里成了我的图书馆。但是，每一次借书，他都要我写个书单子，他回家去找，这成了一个铁打不动的规矩。一般他都能够找到，如果找不到，他就替我找几本相似的书。他从不邀请我到他家直接借书。我也理解，既然藏着这么多的书，他肯定不想让人知道，要知道那时候这些书都是属于"封资修"，谁想引火烧身呀？况且，他正在倒霉，一顶走资派的帽子拿在群众的手里，什么时候想给他扣上就能够扣上。如果加上他借这样的书给我，一条罪状：腐蚀知识青年，够他喝上一壶的了。

我便和他一直保持着这样的借书关系，每一次都跟地下工作者在秘密交换情报似的。破报纸里包着的只有我们知道的秘密。

曹大肚子的书，帮助我抵挡了身边的孤独，内心的苦闷，还有日复一日的无聊与漫长。在我二十四岁到二十七岁那三年的时间里，那些书帮助我迈过了人生关键的门槛，让我觉得即使是孤独和苦闷也是美好的，即便一身衣衫褴褛，心里也感到是富有的，足以抵挡眼前一切的风雪弥漫，好像总会觉得有什么美好的事情，有谁远处的呼唤，会在寒村荒原上发生、回响。

记得第二年的开春，我在二队播种，站在播种机的后面，看着大豆的种子一粒粒地撒进地里，远处朦朦胧胧闪动着绿茵茵的影子，忽然感觉就在那一刻，地头上走来一个女知青的影子，像是我童年时结识的女友，她一步一步姗姗地远远向我走来，我竟然那样不管不顾，立刻从播种机上跳了下来，向地头跑了过去。跑到了地头，见到的是一个陌生的女人。但那片刻涌动在心头春潮一般的幻觉，是那样让我难忘，尽管也是那样可笑。那一切包括可笑在内的美好幻觉，和如同泡影一样瞬间破碎的想象。我知道，都是从那时读过的书中得来的。那些书，都来自曹大肚子。是他的那些书给予我这些幻觉和想象，让我可笑，却不再可怜，而有了旁人所没有的自我感动，甚至是激动人心的瞬间。

我曾经把这一时错觉和可笑的举动对曹大肚子讲过。我等待着他的赞赏，或嘲笑。但是，他静静地听我讲完，没有说什么，只是轻轻地拍了拍我的肩膀。过了几天，见到我，他对我说："我没看错你，你一定会写出东西来的。"

我一直把曹大肚子当成我的知音，尽管那时我还没有发表一篇东西，但是，我已经悄悄地在写，而且一口气写了十篇散文。我曾经拿出其中几篇给他看过，他看后没对文章有什么臧否，只是问我："你看过林青的散文吗？"我知道林青是北大荒的一位作者，和曹大肚子一样，都是1958年复员转业到北大荒来的那批军官。便告诉他，我初三的时候，买过一本林青的散文集《冰凌花》，是上海少儿出版社出版的。听我说完，他又问我："林青还有一本散文集，你看过吗？"看我迟疑的目光，他接着说，"是《大豆摇铃的时节》，我应该有，我回去给你找找。我看你写的散文，和他有点儿像。"他说话不动声色，从来都是这样，但我能够感到他冷面中一份压抑或隐藏的感情。

在荒凉的北大荒，居然还有这样一个人，私藏有这样多的书，不仅借我，还主动推荐给我看，好像他家里是一个无底洞，藏着我永远也看不完的书。这简直是一个不可想象的奇迹。对于曹大肚子，我有时觉得他是个怪人。我很想接近他，但他和我总是若即若离，像一朵缥缈的云彩，你总是摸不着它。说老实话，我想接近他，是因为心里总是充满好奇，这家伙到底藏着多少书？他越是不让我到他家去自己挑书，我便越是蠢蠢欲动，总想到他家里去看个究竟。

不过，这样的念头就像是皮球一次次被我压进水里，又一次次地浮出水面。心有不甘，又不忍心打搅他，生怕有什么闪失，或者惹他生气，断送了我好不容易从天而降的借书的道儿。

只是，这样的念头，像冻僵而未死的蛇一样，会在突然之间苏醒过来，吐着蛇信子，咬噬我的心，无比难受。

1973年的深秋季节，我下决心不请自到去他家里一探虚实。之所以时间记得这样清楚，是因为到现在也忘不了那个晚上，我刚刚推开他家的篱笆门，一条大黄狗汪汪叫着就扑了上来，吓得我连连后退，那大黄狗还是一步就蹿了上来，一口咬在我的右腿上，把我扑倒在地。曹大肚子两口子闻声跑了出来，一看是我，把狗唤住牵过去后忙问："咬着没有？"幸亏是秋深时候天冷了，我穿着厚厚的秋裤，才没咬伤我的肉。所以，那个惊魂未定的秋天，无形中加深了我对曹大肚子的印象。

外面的裤子和里面的秋裤都被咬了个大口子。这条大黄狗够狠的。曹大肚子不好再把我拒之门外了，只好无可奈何地把我迎进门。门旁站着一个胖乎乎的小姑娘，好奇地望着我，无疑是曹大肚子的老闺女了。

一进屋，我就四下打量，一间屋子半间炕，几把破椅子，一个长条柜。那些书都藏在哪里呢？莫非就像是安徒生的童话，伸手即来，撒手即去吗？曹大肚子的老婆让我脱下裤子，指着灶台边的另一间屋说："我那儿有缝纫机，我帮你把裤子上的大口子缝上。"

曹大肚子把我请上热炕，给我倒了一杯热水，他那个小闺女一直在一旁好奇地望着我。我的心还在他的那些藏书上面呢，根本没有怎么注意他们这一家三口。我开始怀疑炕对面贴墙的那一面大长条柜，会不会把书藏在那里面？就像阿里巴巴的那个宝洞，只要我喊一声"芝麻开门"，就能够向我敞开里面的秘密？

曹大肚子知道我到他家来的目的，只是不请自来，让他没有料到。他还是像平常那样不动声色，递给我一张纸和一支笔，依然是老规矩，让我先写书名，然后拿起我写的书单子，没有任何表情地说了一句："我帮你找找看。"看来我被他家狗咬的惊险举动，根本没有感动他。

记忆真是非常奇特，很多事情都忘记了，但那天晚上写的书名，过去了将近五十年，记得还是非常清楚。我写的是陈登科的《风雷》、王汶石的《风雪之夜》、费定的《城与年》、卡维林的《一本打开的书》几本书名。他让我等等，自己一个人走出了屋。他的老闺女跟着他也出了屋。屋里只剩下了我一个人，一下安静了许多。幽暗的灯光下，对面的长条柜泛着乌光，像头睡着的老牛。他老婆替我补裤子轧缝纫机的声音，阵阵传来，一切显得有几分神秘，总觉得好像有什么事情要发生似的。

我犹豫了一下，穿着一条秋裤，还是悄悄地跟着他走出了屋。他老婆踩着缝纫机的声音很响，像是响着我怦怦的心跳。只见他提着一盏马灯，走出屋子，往旁边一拐，进他家屋旁的一间小偏厦，那是一般家里放杂物和蔬菜的仓库。门很矮，他凸起的大肚子很碍事，弯腰走进去有些艰难。看他走进去了半天，我在犹豫是不是也跟着进去。

为什么要把他的秘密打破呢？干吗不让它就像是童话一样保留在他的心中，也保留在我的心中呢？况且，那条大黄狗正吐着舌头，蹲在偏厦门口不远的地方，凶狠狠地望着我，真怕我一走过去它就向我扑过来。

秋风瑟瑟，掠过树梢吹过来，吹得树叶子飒飒直响，吹得我身上有些发抖。但那时候我还年轻，到底忍不住好奇心的诱惑，豁出去了，还是走了过去，一边走一边胆战心惊地望着那狗，还好，它没叫唤，也没扑过来。

走进偏厦一看，好家伙，满满一地都是用木板子钉的箱子，足足十几个，里面装的都是书。它们趴在有些潮湿阴冷的地上，像趴着一个个怪兽，冷眼嗖嗖地看着我。那一刻，我真的有些震惊，想不到一个老北大荒人，在那样偏僻的地方，居然能够有那么多的书。那么多的书，他是怎么从沈阳那么老远那么费劲巴哈地搬了过来，又藏了下来呢？我心里暗想，这得花多少工夫、精力和财力，才能够做到啊。

曹大肚子正俯着身子，聚精会神地替我找书。我站在他的身后好久，他居然没有发现。门敞开着，风吹进来，吹得马灯的灯芯弓着和他一样的样子，和他胖胖弯腰的影子一起映在墙壁上，很像是一幅浓重的油画。那条大黄狗已经悄悄地走到了偏厦门口，翘起尾巴蹲在那里，我们都没有发现。

这时候，他回过头来，看见了我，他先是惊讶得眉毛一挑，然后是嘿嘿地一笑，我也跟着他嘿嘿地一笑，我们的笑都有些尴尬。那一刻，我到现在还清晰地记得，他的手正从箱子里拿出陈登科的《风雷》的上册。

从此，他家对我门户开放。在以后返城的日子里，我曾经写过一本小说，书名叫作《北大荒奇遇》，有人曾经问过我："北大荒真的发生过什么奇遇吗？"现在想想，如果说我在北大荒真有什么奇遇的话，到曹大肚子家去探宝，该算是一桩吧！

可惜这样的好日子不长，第二年的春天，我就离开了北大荒。离开大兴岛前，曹大肚子请我到他家吃了一顿晚饭，非常奇怪的是，他老婆炒的别的菜，我都记不得了，唯独曹大肚子端出的一盘糖拌西红柿，我总也忘不了。那个年代，还有保存到春天的西红柿，也真算得上是奇迹了。盘腿坐在他家炕上吃饭的时候，太阳还没有完全落山，夕阳辉映在他家窗户上那猩红的影子，总好像就在眼前闪动一样。现在，只要一想起那天他请我吃饭，我想起的就是那盘西红柿，就是那窗户上夕阳那猩红色的影子。

我一直这样认为，在动荡的知青岁月里，唯有这三者给我们以默默的帮助和一点一滴的救赎：一是我们自己的爱情，一是当地质朴的百姓，还有就是那些难忘的书籍。爱情是我们的一针补剂，百姓是我们的一碗垫底的酒（就像当时革命样板戏《红灯记》里李玉和唱的那样：有这碗酒垫底，什么都能够对付），书籍就是一帖伤湿止痛膏。我非常感谢曹大肚子和他的那些书，在那些充满寂寞也充满书荒的日子里，他家的那些书奇迹般地出现，从那些发黄发潮的纸页间，从那些密密麻麻的白纸黑字里，跳出了无数神奇的神灵，不仅滋养了我贫瘠的感情和精神，帮助我拿起笔学习写作，还让我感受到荒凉的北大荒神奇的一面，让我对这片土地不敢小视、不敢怠慢、不敢轻薄，让那些逝去了的日子有了丰富而温暖的回声，什么时候只要在心里轻轻地呼唤一下，就能够响起遥远的共鸣。

总有一些瞬间温暖远去的曾经

退休后，学习格律诗，自娱自乐，打发时间。马上就到了去北大荒53年的日子，前两天，写了一首小诗，怀怀旧——

　　未出榴花绿满阴，不禁又去一年春。
　　破书成束诗中梦，残月临窗影外人。
　　野草荒原忆狐魅，疏灯细语诉风尘。
　　绝无消息传青鸟，只是偶思福利屯。

这里写到的福利屯，就是53年前的夏天我们离开北京到北大荒下火车的地方。这是我国北方东北方向最偏远的一个火车站了。在未设立集贤县之前，福利屯一直隶属富锦县。我一直不明白，火车站为什么不建在县城，而建在一个离县城很远的偏僻荒凉的小镇上？

这确实是一个非常小的小镇，但它却是一个古镇。火车站也是老站，伪满洲国时期就有了。记得下火车是黄昏时分，这时候这里夏日的风，已经没有北京那样的燥热，而有些清爽湿润的感觉，因为不远处便是松花江。落日迟迟不肯垂落，漫天的晚霞，烧得红云如火，在西天肆意挥洒。北国，北国风光！这里便是真正的北国风光了，我在林予的长篇小说《雁飞塞北》、林青的散文《大豆摇铃时节》中看到并向往的地方了。

站台前面，只有一座低矮的房子和简单的木栅栏，便是火车站的站房了。站在空旷的站台上，等着行李卸车，望望四周，一面是完达山的剪影立在夕阳的灿烂光芒里，一面是三江平原一望无际的平坦如砥，再有便是黑黝黝的铁轨冰冷地伸向远方，茫茫衔接的就是我们从北京一路奔来的路程，也仿佛连接着古今和未来。

以后，我们每一次回北京，或者从北京再回北大荒，或者是去佳木斯、哈尔滨办事，都得在这里上车下车。福利屯，成为我们生命旅程中必不可少的一个节点，绿皮车厢，硬木车座，火车头喷吐的浓烟，成为青春时节记忆飘散不去的象征。只是那时候我们站在这夏日黄昏的清风中，不知道未来迎接我们的命运是什么，吃凉不管酸，一腔空荡荡的豪情。

我将这首诗微信发给了当年插队的同学，其中到吉林一个叫新发屯农村插队的同学立刻回信说："你偶思的福利屯，我似乎并不陌生，50多年前，你有信中说'车过福利屯，上车后给你的信尚未写完……'年华如此匆匆而过，你的诗令我感到仿佛如昨。"

她的这话，让我很感动，50多年前的一封信，谁还能记住？她在遥远的新发屯，并不在也从来没有来过福利屯，福利屯不是新发屯，过去了50多年，怎么可以记住福利屯这个那么小那么偏僻的地名？

我回复她，感谢她。她回信说："回忆中，总有一些瞬间，能温暖整个远去的曾经。"

这话说得有点儿诗意，但她说的这意思真好。其实，那时候，我和她并不很熟，只是因为她是我的一个同学的好朋友，爱屋及乌，联系上了，和她有了通信。那时候，我爱写信，似乎很多知青都爱写信。这种传统古典的方式，特别适合风流云散的知青朋友之间抒发那个时代大而无当又缠绵自恋的情怀。她所说的车过福利屯还趴在火车上写信的情景，只能发生在那时的青春季节里。尽管生活艰苦，命运动荡，未来一片渺茫，心里还是充盈着似是而非未可知的希望，如同车窗外如流萤一般飞驰而过的灯火，总还在眼前闪闪烁烁。那时候，正偷偷看托尔斯泰的《安娜·卡列尼娜》，总恍惚地以为火车头喷吐的浓烟过后，露出的是安娜一张漂亮成熟的脸庞。

我已经记不得信里写的都是些什么了，但一封50多年前普通的信还能被人记住，也是极其罕见的事情了。在颠簸的绿皮硬座车厢里写那些似是而非的信的情景，如今可以成为一幅感动我们自己的画了。她说的对，起码在那一瞬间，感动过我们自己，觉得信中那些即便空洞的话也慰藉我们彼此，觉得在缥缈的前方会有什么事情可能发生，即使什么也没有发生，或者发生的并不是我们所预期的。火车头喷吐的浓烟过后，并没有出现漂亮的安娜，而不过是卡西莫多。

是的！回忆中，总有一些瞬间，能温暖远去的曾经。她的话，让我想起了另一个和福利屯相关的瞬间。有一次，我从福利屯上了火车，车驶出站台，开出不一会儿，车头响起一阵响亮的汽笛。起初，我没怎么在意，以为前面有路口或是会车而必须得鸣笛。后来，我发现并没有任何情况，列车在一马平川的原野上奔驰。为什么要在这时候鸣笛？我把这个疑问抛给了正给我验票的一个女列车员。她一听就笑了，反问我："你刚才没看见外面的一片白桦林吗？"我看见了，白桦林前还有一泓透明的湖泊。难道就是为了这个而鸣笛？年轻的女列车员点头说："就为了这个，我们的司机师傅就喜欢这片白桦林。"

下一次，火车驶出福利屯，经过这片白桦林时，透过车窗，我特意看了一下，发现是很漂亮的风景，白桦林的倒影映在湖水中，拉长了影子，更加亭亭玉立。火车经过这里不过半分多钟，一闪而过，车头正响起响亮的汽笛，缭绕的白烟拂过，在那个落日熔金的黄昏，定格为一幅如列维坦作品般的油画。

总有一些瞬间，能温暖远去的曾经。

福利屯！

辑三　人生除以七

尽管自己是一本不怎么好看的书，但是已经打开了，就得读下去，读着读着，也就读下去了。

记不住的日子

作家愿意语出惊人。马尔克斯说："记得住的日子才是生活。"这话说得有些苛刻，也有些绝对。起码，我是不大信服的。

记得住的日子才是生活，那么，记不住的日子就不是生活了吗？不是生活，又是什么呢？显然，马尔克斯所说记得住的日子，是指那些不仅有意思甚至是有意义的日子，可以回味，乃至省思，甚至启人。他将生活升华，而和日子对立起来，让日子分出等级。

细想一下，如我这样庸常人的一辈子，所过的日子就是庸常的，不可能全都记不住，也不可能全都记住。而且，记得住的，总会是少于记不住的。就像这一辈子吃喝进肚子里的东西很多，如果按照以前我的每月粮食定量是 32 斤，一辈子加在一起，不算水和菜，就得有上千乃至上万斤，但真正变成营养长成我们身上的肉，不过百十来斤。如果所过的日子都能记得住，那么，会像吃喝进的东西都排泄不出去，人也就无法活下去了。

马尔克斯将记得住的日子当成一杯可以品味的咖啡或葡萄酒。普通人乃至比普通人更弱的贫寒人的日子，只能是一杯白水。

人的记忆就像筛子，总要筛下一些。筛下的，有一些，确实是鸡零狗碎，一地鸡毛，但其中一些不见得比记住的更没有意义，没有价值，只是不愿意再像磐石一样压迫在心里，而有意识或无意识地让它们尘逐马去，烟随风散。人需要自我消化，让心理平衡，才能让日子过得平衡。这或许就是阿Q精神吧？有些鸵鸟人生的意思，不会或不敢正视，只会将自己的头埋在土里。不过，如果要想让有些事记住，必须让有些事不记住，这是记忆的能量守恒定律，是生活的严酷哲学。用老百姓的话说，就是拿得起，放得下。所谓拿，就是记得住；放，则是那些没必要记住的事情吧。

在北大荒的时候，我见过一位守林老人。我们农场边上，靠近七星河南岸，有一片原始次生林。老人在那里守林守了一辈子。他住在林子里的一座木刻楞房中，我们冬天去七星河修水利的路上，必要路过那座木刻楞，常会进去，烤烤火，喝口热水，吃吃他的冻酸梨，逗逗他养的一只老猫，和他说会儿闲话。他话不多，大多时候，只是听我们说。附近的村子叫底窑，清朝时是烧窑制砖的老村，那里的人们都知道老人的经历，从前清到日本鬼子入侵，前后几个朝代，是受了不少苦的，一辈子孤苦伶仃一个人，守着一只老猫和一片老林子过活。

我一直对老人很好奇，但是，你问他什么，他都是笑笑摇摇头。后来，我调到宣传队写节目，有一段时间，专门住在底窑，每天和老人泡在一起，心想总能问出点儿什么，好写出个新颖些的忆苦思甜之类的节目。可是，他依然什么也没有对我说。不说，不等于没记住，只是不愿意说罢了。我这样揣测。和老人告别，是个春雪消融的黄昏，他对我说："不是不愿意对你唠，真的是记不住了。"我不大相信。他望着我疑惑的眼神，又说："孩子，不是啥事都记住就好，要是都记住了，我能活到现在？"这是他对我说得最多的一次话。

守林老人的话，说实在的，当时我并没有完全听懂。五十多年过后，看到马尔克斯的这句话，忽然想起了守林老人，觉得记忆这玩意儿，对于作家来说，是一笔财富，记得住的东西，都可以化为妙笔生花的文字。对于历尽沧桑苦难的普通人来说，记得住的东西越多，恐怕真的难以熬过那漫长而跌宕的人生。我读中学的时代，经常引用列宁的一句话叫作"忘记过去，就意味着背叛"。其实，对于普通人而言，过去要是真的都记住了，过去的暗影会压迫今天的日子，会如梦魇般缠绕身边不止，也是可怕的。

前些日子，读到英国诗人莎拉·蒂斯代尔的一首题为《忘掉它》的短诗，其中有这样几句："忘掉它，永远永远。/时间是良友，它会使我们变成老年。/如果有人问起，就说已经忘记，/在很早，很早的往昔，/像花，像火像静静的足音，在早被遗忘的雪里。"觉得诗写的就是这位守林老人。

生活和日子，对于普通人，是一个意思。记得住的日子，是生活；记不住的日子，也是生活。实在是没有必要给生活镀上一层金边，让日子化蛹成蝶，翩翩起飞。

被月光抱住

德智是我的发小，从小学到如今，一起度过了六十多年的漫长时光。一晃，从小孩子就晃荡到了白发苍苍。

春天又来了。德智在微信里说，要快递给我一罐"太平猴魁"新茶。我说，别寄了，明天要有空，咱们在天坛碰面吧。

上一次碰面，也在天坛，同样刚开春。转眼过去整整两年。会朋友，或有人找，一般都会约在天坛。天坛，成了我的"私家会客厅"。满园古树，迎面清风，何其快哉！

小时候，我和德智两家离天坛都很近，常来这里玩，不是捉蛐蛐，就是捉迷藏。如今各自搬家，远了，但到天坛来还是轻车熟路。到的时候，看见德智正沿着东门内的长廊里来回走，东张西望，在寻摸我呢。两年前，也是他先到，想来让我惭愧。

我们坐在长廊里闲聊，多日不见，话自然稠起来。上午的阳光很暖，长廊里，来来往往的游人，倚靠着红柱旁晒太阳的人不少，毕竟春天到了。

德智从小喜欢书法，他曾送我一本颜体字帖，又送笔和纸，希望我也练练。字帖和笔纸都落满灰尘，我始终也没去练，尽管身旁有老师。一个人的爱好是天生的，与生俱来的，如同风吹动水的涟漪或树的枝叶，是自然而然地形成，所谓落花流水，蔚为文章，不像是车船，需要外力的推动。

高中毕业，我去了北大荒，德智被分配到北京市肉联厂炸丸子。六年之后，我调回北京教书，他还在肉联厂，围着一口硕大无比的大锅炸丸子。我笑他，天天可以吃丸子，多美呀。他说："美？天天闻着这味儿，早就想吐了。"

那时，我正在创作一部长篇小说，取名叫《希望》，每天下课回家写一段，晚上到他家那间只能放一张床和一张小桌的小屋，得意扬扬地读上一段。他认真听完，然后，给我看他写的毛笔字。就这样，上下半场交换位置，比试武艺，相互鼓励。30万字的小说写完了，最后，也没有任何希望，成了一堆废纸。他写了一幅大大的横幅楷书，贴在他屋的墙上：风景这边独好。

坐在长廊的椅子上，天马行空，东聊西聊，忽然，德智问我："张书范，你认识吗？"我知道这个人，书法家，楷书写得不错，当过北京书法家协会的副主席。

德智说："有一次，偶然间，我写的一幅小楷让张书范看见了，连问是谁写的？知道是我写的之后，他问我：'你加入书协了吗？'

我说没有。他立刻叫人找了一份入会申请表给我。我就这么加入了北京书协，完全靠人家张书范的举荐呀。"

我说："也是你写得好，才会有张书范的慧眼识金。"

德智连连摆摆手说："以前，我根本不认识人家；往后，再也没有见过人家。你看，我入会，没送过一点儿礼，太简单了吧。"

我说："好多事情，就应该这样简单。现在，有些地方，风气不正，才闹得复杂了。"

德智轻轻叹了口气，说："你说得对，正因为这样，我一直想感谢人家，这么多年过去了，一直惦记着这事。"

我笑着对德智说："他早就退休了。也许，早忘了这件事呢。"

德智瞅瞅我说："我可没忘啊。"

有些事情，有人觉得小，有人觉得大；有人牢牢记住，能记一辈子，有人却很快就忘得干干净净，一般还会赖时间无情。其实，并非人的记忆力有好有坏，反倒是记忆有选择性。

和德智分手，我在天坛又转了一圈，走到祈年殿前，忽然想起刚读过不久的诗人李南的一首短诗《半夜醒来》，其中有这样几句：

有一句诺言

至今也没有兑现

一个人

想忘也忘不掉

有一本书

始终没有读懂它的真谛

有一处风景

盘踞在旅途的尽头

有一只流浪狗

风雨中没能带它回家

有一件往事

改变了今生航向

半夜醒来，只见窗外月光涌进，紧紧地把我抱住

　　其实，并非任何人半夜醒来，都会被月光紧紧抱住的。我想，德智会的。半夜醒来，明澈澄净的月光，总会把他紧紧地抱住……

今天你来不来

　　初春的一天，快到中午了，我从天坛东门进园，沿着内垣墙根往南走。内垣前有一道平整的甬道，方便人们散步或跑步。甬道旁，是前些年新栽的柏树，已经蔚然成林。我小时候，这里可不是这样，天坛并没有东门，在东门稍微往南一点的位置上，有一个外垣的豁口。为了不买门票，我们一帮孩子常从这个豁口跳进天坛里玩。那时候，柏树林的位置上是菜园，也种有白薯，不知是天坛自家的，还是附近居民种的。总之，有些荒僻，也可以说有点田园味。

　　如今内垣是整修过的了，往南走不远，是东天门。东天门保留得很完整，三座城门，绿瓦红墙。东天门正对面，南北两边有两个长凳。有时候，我会坐在这里，画正对面的东天门，也可以画甬道上来往的游人和他们身后的柏树林。

　　这一天，这两个凳子正好有一个是空的，我紧走两步，想坐在那里画画。还没走到凳子跟前,前面凳子上的一个女人突然站了起来,迎面向我走了过来。我以为是熟人,停下,想等她走近,看清是谁,好打个招呼。

走近一看,不认识。她却开口对我说道:"你可是来了!"这话说得我有些发蒙,定睛仔细再看,真的不认识,刚要开口说您认错人了! 看我片刻迟疑,她的话已经抢在我前头:"怎么,你不是毛头呀!"

她真的是认错人了。我忙对她说:"我不是毛头。"

她似乎有些不甘心,以为我在和她开玩笑,问道:"您……不姓陶吗?"

我对她说:"我不姓陶。"

一下子,她像泄了气的皮球,刚才的兴奋劲儿消散殆尽。停了半晌,对我抱歉地说:"真对不起!眼拙了,我认错人了!"

我这才仔细打量了一下她,是个长得精悍的老太太,瘦瘦的、高高的,戴一副精致的眼镜,皱纹已经爬满脸,但面容白皙,年轻时应该是个挺招人的美人。

"没关系!岁数大了,我也常认错人!"

听完我这句话,她显得有些不高兴,问我一句:"岁数大了? 您多大岁数了? 您大,还是我大?"

我告诉她:"我今年七十五了,岁数还不大吗?"

她微微叹了口气:"我今年七十六了,比您大一岁。"

相仿的年龄,让我们两人一下子有了点儿同病相怜的感觉,坐在椅子上聊了起来。我这才弄清楚,老太太是来等人的。约好了上午 10 点整在这里等，这都快 12 点了，人还没等到。

"我们原来都是四十九中的同学。四十九中，你知道吧？"

我说知道，就在幸福大街上。

"我们两家也都住附近，小时候常到天坛这里玩。那时候，这旁边有个豁口，你知道吧？"

我说知道。

"我们常翻过豁口，就跑到东天门了。"

我说我们小时候也是这样，天坛就像是我们的后花园。

不仅年龄相仿，经历也相仿，童年和青春时光一下子回溯眼前。她笑了笑，爽快地对我讲起今天在这里约会的来龙去脉。老太太和这位爽约的陶同学，是中学六年的同班同学，一起上学、放学，星期天去图书馆也是约好一起去的，彼此挺要好。1965 年高中毕业，两人考入了两所不同的大学，陶同学的大学在北京，老太太的大学在西安。分别之际，两人把六年中学时光彼此心照不宣的感情吞吞吐吐地说了出来，话说得吞吞吐吐，意思很明确，就是想把这样的感情延续下去。谁想，刚上大学还不到一年，"文化大革命"爆发了，课停了，一个去了边疆的部队，一个去了大山里的五七干校。等大学毕业分配工作，是将近十年之后的事情。这样的颠沛流离中，刚开始还通了几封信，后来，渐渐地，信没有了，两人断了联系。等她退休从外地回到北京，老街老屋面目全非，她自己已经是个老太太。

"一晃，从 1965 年到今年 2022 年，你算算多少年了？大半辈子过去喽！"老太太感叹了一句。

"是啊！这么多年过去了，您还记得！"

怎么能不记得呢？虽然也算不上什么初恋吧，毕竟也是第一次朦朦胧胧的感情，挺美好的事情。

如果不是中学同学聚会，老太太也想不起和陶同学联系。陶同学没有参加聚会，老太太是从别人那里要到他的手机号码，给他打通电话，他很意外，也很高兴。小六十年没有联系了，突然又联系上了，搁谁也都高兴。

"这地方就是他定的。小时候，我们都翻过豁口到这里玩过，这里有三个大红门，虽然那时候不知道叫什么名字，可都知道这里啊！"老太太指着东天门，对我说。

"可是，陶同学定好的这个地方，他却没来。"老太太叹了口气。

我安慰她说："兴许，他是想保留青春时的美好印象吧。"

"是啊，现在都老眉咔嚓眼了！"老太太摇摇头，过了一会儿，对我说："我真后悔，干吗心血来潮给他打了那个电话？他也真是的，定好了这个地方、这个时间，自己又不来了，这是给我抢靴子玩吗？其实，见个面，就是想叙叙旧，有什么呢？"

老太太快人快语。我知道，她是在发泄，这样性格的人，发泄完了，心里就痛快了，也就没事了。

忽然，老太太问我："假如你是他，今儿你来不来？"

是啊，假如我是陶同学，今天我来不来呢？

等那一束光

老顾是我的中学同学，又一起插队到北大荒，一起当老师回北京，生活和命运轨迹基本相同。不同的是，他喜欢浪迹天涯，喜欢摄影，在北大荒时，他就想有一台照相机，背着它，就像猎人背着猎枪，没有缰绳和笼头的野马一样到处游逛。攒钱买照相机，成了他那时的梦。

如今，照相机早不在话下，专业成套的摄影器材，以及各种户外设备包括衣服鞋子和帐篷，应有尽有。退休之前，又早早买下一辆四轮驱动的越野车，连越野轮胎都已经备好。万事俱备，只欠东风，只要退休令一下，立刻动身去西藏。这是这些年早就盘算好的计划，成了他一个新的梦。

他就是这样一个人，我说他总是活在梦中，而不是现实中，便总事与愿违。现实是，他在单位当第一把手，因为后任总难以到位，过了退休年龄两年了，还不让他退。他不是恋栈的人，这让他非常难受。终于，今年春节过后，让他退休了。这时候，我们北大荒要编一本回忆录，请他写写自己的青春回忆，他婉言拒绝，说他不愿意回头看，只想往前走，他现在要做的事不是怀旧，而是摩拳擦掌准备夏天去西藏。等到夏天，他开着他的越野车，一猛子去了西藏，扬蹄似风，如愿以偿。

终于来到了他梦想中的阿里，看见了古格王朝遗址。这个700年前就消失的王朝，如今只剩下了依山而建的土黄色古堡的断壁残垣，立在那里，无语诉沧桑般，和他对视，仿佛辨认着彼此的前生今世的因缘。

正是黄昏，高原的风有些料峭，古堡背后的雪山模糊不清，主要是天上的云太厚，遮挡住了落日的光芒。凭着他摄影的经验和眼光，如果能有一束光透过云层，打在古堡最上层的那一座倾圮残败的宫殿顶端，在四周一片暗色古堡的映衬下，将会是一幅绝妙的摄影作品。

他禁不住抬起头又望了望，发现那不是宫殿，而是一座寺庙，在白色青色和铅灰色云彩下，显得几分幽深莫测，分外神秘。这增加了他的渴望。

他等候云层破开，有一束落日的光照射在寺庙的顶上。可惜，那一束光总是不愿意出现。像等待戈多一样，他站在那里空等了许久。天色渐渐暗下来，他只好开着车离开了，但是，开出了二十多分钟，总觉得那一束光在身后追着他，刺着他，恋人一般不舍他。

鬼使神差，他忍不住掉头把车又开了回来。他觉得那一束光应该出现，他不该错过。

果然，那一束光好像故意在和他捉迷藏一样，就在他离开不久时出现了，灿烂地挥洒在整座古堡的上面。他赶回来的时候，云层正在收敛，那一束光像是正在收进潘多拉的瓶口。他大喜过望，赶紧跳下车，端起相机，对准那束光，连拍了两张，等他要拍第三张的时候，那束光肃穆而迅速地消失了，如同舞台上大幕闭合，风停雨住，音乐声戛然而止。

往返整整一万公里，他回到北京，让我看他拍摄的那一束光照射古格城堡寺庙顶上的照片，第二张，那束光不多不少，正好集中打在了寺庙的尖顶上，由于四周已经沉淀一片幽暗，那束光分外灿烂，不是常见的火红色、橘黄色或琥珀色，而是如同藏传佛教经幡里常见的那种金色，像是一束天光在那里明亮地燃烧，又像是一颗心脏在那里温暖地跳跃。

不知怎么，我想起了音乐家海顿，晚年时他听自己创作的清唱剧《创世纪》，听到"天上要有星光"那一段时，他蓦地从座位上站起来，指着上天情不自禁地叫道："光就是从那里来的！"那声音长久地在剧场中回荡，震撼着在场的所有人。在一个越发物化的世界，各种资讯焦虑和欲望膨胀，搅拌得心绪焦灼的现实面前，保持青春时分拥有的一份梦想和一份相对的神清思澈，如海顿和我的同学老顾一样，还能够看到那一束光，并为此愿意等候那一束光，是幸福的，令人羡慕的。

人生除以七

　　看罢英国导演迈克尔·艾普特的电视纪录片《56UP》之后，心里不大平静。这部纪录片，拍摄了伦敦来自精英、中产和底层不同阶层的 14 个人，自 7 岁开始，一直到 56 岁的生活之路。导演每隔七年拍摄一次，看他们的变化。七个七年之后，这些人 56 岁了，这么快就从童年进入了老年。150 分钟的电视，演绎了人生大半，逝者如斯，真的让人感喟。

　　我不想谈论这部纪录片所要表达的主旨。让我感兴趣的是，它选择了将人生除以七的方式，来演绎并解读人生。为什么不是别的数字，比如五或六，而偏偏是七？不管有什么样对数字特别膜拜的深意或禅意，乃至宗教的意义，七，可以是一个很好的选择，让我也来一回这样的选择，将自己的人生已经走过的岁月除以七，看看有什么样的变化。

不从 7 岁而从 5 岁开始吧。因为那一年，我的母亲去世，我人生的记忆也就是从那时开始。记忆中那一年夏天，院子里的老槐树落满一地如雪槐花，我穿着一双新买的白力士鞋，算是为母亲穿孝。母亲长什么样子，一点印象也没有了，只记得姐姐带着我和两岁的弟弟一起到劝业场的照相馆照了一张全身合影，特意照上了白力士鞋，便独自一人到了内蒙古修铁路去。那一年，姐姐 17 岁。

七年之后，我 12 岁，读小学五年级。第一次用节省下来的早点钱，买了我人生的第一本书，是本杂志——《少年文艺》，一角七分钱。读到我人生读到的第一篇小说，是美国作家马尔兹写的《马戏团来到了镇上》。那是马戏团第一次来到那个偏僻的小镇。那两个来自农村的小兄弟，没有钱买入场券，帮助马戏团把道具座椅搬进场地，换来了两张入场券。坐在场地里，好不容易等到第一个节目小丑刚出场，小哥俩累得睡着了。这个故事给我的印象那样深刻，小说里的小哥俩，让我想起了我和我的弟弟，也让我迷上了文学。我开始偷偷地写我们小哥俩的故事。

19 岁那一年的春天，我高中毕业，报考中央戏剧学院，初试、复试都通过了，录取通知书也提前到达了。"文化大革命"爆发了，大学之门被命运之手关闭。两年后，我去了北大荒，把那张夹在印有中央戏剧学院红色毛体大字的信封里的录取通知书撕掉了。

26 岁，我在北京郊区当一名中学老师。那时我已经回到北京一年。是因为父亲突然脑溢血去世，家中只剩下老母亲一人，才被困退回京的。熬过了近一年待业的时间，才得到教师这个职位的。

和父亲一样，我也得了高血压，医生开了半天工作的假条。每天下午，我骑着自行车回家，写我的第一部长篇小说，取名叫《希望》。在那没有希望的年头，小说的名字恶作剧一样，有一丝隐喻的色彩。

33岁，我"二进宫"进中央戏剧学院读二年级。那一年，我有了孩子，1岁。孩子出生的那一年，我在南京为《雨花》杂志修改我的一篇报告文学，那将是我发表的第一篇报告文学。我从南京回到家的第二天，孩子呱呱坠地。

40岁，不惑之年。有意思的是，那一年，上海《文汇月刊》杂志封面要刊登我的照片，发电报来要立刻找人拍照寄去。我下楼找同事借来一台专业照相机，带着儿子来到地坛公园，让儿子帮我照了照片，勉强寄去用了。那时，儿子8岁，小手还拿不稳相机。照片晃晃悠悠的。

47岁，我调到了《小说选刊》。从大学毕业之后，我从大学老师到《新体育》杂志当记者，几经颠簸，终于来到中国作协这个向往已久的地方，自以为这里是文学的殿堂。前辈作家艾芜和叶圣陶的孩子，却都劝我三思而行，说那里是名利场，是是非之地。

54岁，新世纪到来。我自己却乏善可陈。两年之后，儿子去美国读书，先在威斯康星大学读硕士，后到芝加哥大学读博士，都有奖学金，这是他的骄傲，也是我的虚荣。

61岁，大年初二，突然的车祸，摔断脊椎，我躺在天坛医院整整半年。家人朋友和同事都说是大难不死，必有后福。我相信他们说的，我相信命运。福祸相倚，我想起在叶圣陶先生家中，曾经看过的先生隶书写的那副对联："得失塞翁马，襟怀孺子牛。"

68 岁，正好是今年。此刻，我正在美国印第安纳大学旁边儿子的房子里小住，两个孙子已经相继出世，一个两岁半，一个就要五岁，生命的轮回，让我想起儿子的小时候，却怎么也想不起自己的小时候是不是也是这样子。

人生除以七，竟然这么快，就将人生一本大书翻了过去。《56UP》中有一个叫贾姬的女人说："尽管自己是一本不怎么好看的书，但是已经打开了，就得读下去，读着读着，也就读下去了。"人生除以七，在生命的切割中，让人容易看到人生的速度，体味到时间的重量。流水带走光阴的故事，改变了一个人。漫漫人生路，能够有意识地除以七，听听自己，也听听光阴的脚步；看看自己，也看看历史的轨迹，是件有意思的事情。

阳光的感觉

　　自从今年年初腰伤之后，我像一株颓败的向日葵，开始对阳光格外敏感，可以说是整天追着阳光转。因为大夫嘱咐我要多晒阳光，每天晒一小时阳光，等于喝一袋牛奶，对于补钙极有益处，有助于腰伤的恢复。

　　我住医院的时候，病房的窗户朝南，能够下地了，我每天都要站在窗前，好像阳光早早就等在那里，和我有个约会，不见不散，一见倾心。出院了，我家的窗户几乎都没有朝阳的，我便每天早晨到家住的小区里的小花园，朝东的高楼遮挡住了太空，要耐心地等到九点钟以后，太阳才能够越出楼顶。我好像才突然发现，平日里司空见惯的阳光，原来是那么珍贵，不是你想什么时候要它，它就能够如婢女一样随叫随到。城市的高楼无情地切割了太空，阳光不再如在田野里一样，可以无遮无拦，尽情挥洒。

冬天刚刚来临，暖气还没有来的时候，阳光就更加珍贵无比。那时候，我像一只投火的飞蛾，在小区里寻找着阳光飘落的地方。阳光如同顽皮的小孩子，东躲西藏，在楼群之间，在树枝之间，一闪一闪似的，稍纵即逝。在时钟的拨弄下，阳光就像瞬息万变的万花筒，跳跃着，和我捉迷藏，让我想起小时候玩过的一种游戏，小伙伴拿着一面镜子对着阳光照出的反光打在地上，我用脚去踩这个光斑，他便把镜子迅速地移动，比赛谁的速度更快。

终于，暖气来了，暖气流动中的房间，很快暖和了过来，温度解决了寒冷，却代替不了阳光。坐在房间里，和坐在阳光下的感觉完全不同，腰就是最敏感的显示器。现代化机器制造的温暖，如同格式化的打印文件，缺少了手写的流畅和亲切，就像尼龙布料和棉布的区别。我才体味到阳光含有大自然的气息，泥土和花草树木的呼吸和体温，都吸收进阳光里面，还有来自云层的清新与湿润，都不仅是一个温度计所能够显示得了的。同暖气制造的温暖相比，阳光更像是母亲的拥抱，情人的抚摸，朋友的呵气如兰。在暖气和在阳光下，都会出汗，在暖气下的汗里面含有工业的元素，而在阳光下的汗里有着大自然和亲情的因子。

我也就明白了，为什么国外有那么多人热衷于到海边晒太阳，到街头的咖啡馆前的露天座椅上晒太阳；为什么北京的老头老太太特别愿意在胡同口挤在墙角晒太阳。过去说：清风朗月不用一文钱，这句话也应该把阳光包括在内，阳光和水一样是世界上最为平等民主的东西，它一视同仁，无论贫富贵贱，慷慨给予一切人以照耀和抚摸。记得我国过去有一则这样的寓言，地主在屋子里烤火冻得揣着手直跺脚，长工在屋外的阳光下干活却热得脱光了衣服还不住地出汗。阳光给予人们的温暖，是发乎天、止于心的温暖。

有几天，朋友请我到郊外小住，卧室和阳台有一道推拉门，阳台三面是玻璃窗，灿烂的阳光，一整天都可以从不同方位照射进来，金子般在玻璃窗上闪烁，在地板上跳跃。出门时，朋友把推拉门关上了，黄昏时回来，把推拉门打开，忽然一股热流如水一样从阳台涌进屋里。那是阳光，在阳台憋了一天的阳光出笼的鸟似的扑满整个房间。我才发现，阳光和水一样也可以储存，看不见的阳光，精灵一样能够立刻簇拥在你的身旁；握不住的阳光，水珠一样可以掬捧盈盈一手。太阳落山了，阳光却还温暖地留在房间里，恋人一般迟迟不肯离去。

我想起日本的一则童话，讲的是林子深处住着一个四岁叫夏子的可爱小姑娘，她有个奶奶，腿脚不好，天天待在家里出不了屋。冬天到了，屋里很冷，小姑娘跑到林子里，用围裙兜了一兜阳光跑回来给奶奶，跑得急了，刚进家门，摔了一跤，阳光洒了一地，没法给奶奶了，小姑娘哭了，对奶奶说："阳光都没了，没法给您了。"奶奶对她说："阳光都跳在你的眼睛里了呀。"

这则童话，是我二十多年前读过的了，却记忆犹新，就在于奶奶说的话让我感动。老奶奶说得多么好啊，阳光不仅可以看见，可以储存，可以兜住，也是有情感有生命的，可以传递在你我之间。

有一天，晒着阳光的时候，我想起了这则美丽的童话，忽然想：如果小姑娘从林子里不是用衣服兜阳光，而是用衣服兜满一兜柴火，然后用柴火生火，会怎样呢？柴火点燃起的火苗，当然也可以让奶奶感到温暖，但是，还有阳光都跳在小姑娘的眼睛里的那种奇妙而美好的感觉吗？

没有了。童话也没有了。

邮局！邮局！

　　对于邮局，我一直情有独钟。在我的印象中，某些特殊的行业，都有自己的代表颜色，医院是白色的，消防队是红色的，邮局是绿色的。为什么邮局是绿色的，我一直不明就里，但一直觉得绿色和邮局最搭，邮局就应该是绿色的。绿色总给人以希望，人们盼望信件的到来，或者期冀信件寄达的时候，心里总是充满期待的。

　　小时候，家住的老街上，有一家邮局。它在我们大院的斜对门，一座二层小楼，门窗都漆成绿色，门口蹲着一个粗粗壮壮的邮筒，也是绿色的。这样醒目的绿色，是邮局留给我最初的印象。远远望去，那邮筒像一条邮局的看门狗，只不过，狗都是黄色或黑色，没见过绿色的狗，就又觉得说它是邮局的门神更合适。可惜，这样颇有年代感的邮筒，如今难得一见了。

　　这家邮局，以前是一座老会馆的戏台，倒座房，建在会馆的最前面，清末改造成了邮局，是老北京城最早的几家邮局之一。我第一次走进这家邮局，上小学四年级。那时的邮局，兼卖报纸杂志，放在柜台旁的书架上，供人随便翻阅挑选。我花了一角七分钱，买了一本上海出的月刊《少年文艺》，觉得内容挺好看的，以后每月都到那里买一本。读初中的时候，父亲因病提前退休，工资锐减，在内蒙古风雪弥漫的京包线上修铁路的姐姐，每月会寄来30元钱贴补家用。每月，我会拿着汇款单，到这里取钱，顺便买《少年文艺》。每一次，心里都充满期待，都会感到温暖，因为有《少年文艺》上那些似是而非的故事，在那里神奇莫测地跳跃；有姐姐的身影，朦朦胧胧在那里闪现。

读初中的时候，我看过长春电影制片厂的一部电影《鸿雁》。不知为什么，这部电影，留给我很深印象，至今难忘，尽管只是一部普通的黑白片。那个跋涉在东北林海雪原的邮递员，怎么也忘不了。我想象着，姐姐每个月寄给家里的钱，我给姐姐写的每一封信，也都是装在邮递员这样绿色的邮包里吗？也都是经过漫长的风雪或风雨中的跋涉吗？每一次这么想，心里都充满感动——对邮局，对邮递员。

那时候，邮递员每天上下午两次挨门挨户送信，送报纸。他们骑着自行车——也是绿色的，骑到大院门口，停下车，不下车，脚踩着地，扬着脖子，高声叫喊着谁谁家拿戳儿！就知道谁家有汇款或挂号信来了。下午放学后，我有时会特别期盼邮递员喊我家拿戳儿！我就知道，是姐姐寄钱来了。我会从家里的小箱子里拿出父亲的戳儿，一阵风跑到大门口。戳儿，就是印章。

除了给姐姐写信，我第一次给别人写信，是读高一的时候，给一位在别的学校读书的女同学。放学后，我一个人躲在教室里，偷偷地写完信。走出学校，我不会坐公交车，而是走路回家，因为在路上，会经过一个邮局，我要到那里把信寄出去。邮局新建不久，比我家住的老街上的邮局大很多，夕阳透过大大的玻璃窗，照得里面灿烂辉煌。我第一次来的时候，一切显得陌生，但那绿色的邮箱、绿色的柜台，又一下让我感到亲切，把我和它迅速拉近。

我们开始通信，整整三年，一直到高三毕业，几乎一周往返一次。每一次，在教室里写好信，到这里买一个信封，一张4分钱的邮票，贴好，把信也把少年朦胧的情思和秘密的心事，一并放进立在邮局里紧靠墙边那个绿色的大邮箱里。然后，愣愣地望着邮箱，望半天，仿佛投进的不是一封信，而是一只鸟，生怕它张开翅膀从邮箱里飞出来，飞跑。站在那里，心思未定地胡思乱想。静静的邮箱，闪着绿色的光。静静的邮局里，洒满黄昏的金光，让我觉得那么美好，充满想象和期待。

邮局的副产品是邮票。我就是从那时候开始集邮，一直到现在。一枚枚贴在信封上的邮票，是那样的丰富多彩，即使一张4分、8分的普通邮票，也有不少品种。最初将邮票连带信封的一角一起剪下，泡在清水里，看着邮票和信封分离，就像小鸡从蛋壳里跳出来一样，让我惊奇；然后，把邮票像小鱼一样湿淋淋地从水中捞出，贴在玻璃窗上，眼巴巴地看着干透的邮票像一片片树叶从树上渐次落下来，特别兴奋。长大以后通信增多，让我积攒的邮票与日俱增。那些不同年代的邮票，是串联起逝去日子的一串串脚印，一下子会让昔日重现，活色生香。邮票，成了邮局给予我的额外赠品。邮票，是盛开在邮局里的色彩缤纷的花朵，花开花落不间断，每年都会有新鲜的邮票夺目而出，让邮局总是被繁茂的鲜花簇拥，然后，再通过邮局，分送到我们很多人的手中。

我从未想过，有一天，我会来到电影《鸿雁》里演的东北的林海雪原里。命运的奇特，往往在于不可预知性。上山下乡高潮到来，同学好友风流云散，我去的北大荒，正是那片林海雪原。离开北京时，买了一堆信封信纸，相约给亲朋好友写信。在没有网络和微信的时代，手写的书信，这种古老也古典的方式，维系着彼此纯朴真挚的感情，让人期待而珍惜。而信必须要通过邮局，通过邮递员，让邮局和邮递员变得是那么不可或缺。唯有如此，分散在天南地北的朋友之间的书信，才能抵达你的手中。邮局和书信，互为表里，将彼此转化而塑型，即便不是什么珍贵的文人尺牍，只是普通人家家长里短的平安书信，也成为那个逝去时代的一个注脚，一个特征，让流逝的青春时光，有了一个看得见摸得着的物证。是邮局帮助了我们这些书信的寄达和存放，让记忆没有随风飘散殆尽。邮局，是我们青春情感与记忆的守护神。

那时候，我来到的是一个新建的农场，四周尚是一片亘古荒原。夏天，荒草萋萋；冬天，白雪皑皑。农场场部，只有简单的办公泥土房，几顶帐篷和马架子，但不缺少一个邮局，一间小小的土坯房，里面只有一个工作人员，胖乎乎的天津女知青。我们所有的信件，都要从她的手里收到或寄出，每一个知青都和她很熟。但是，她不会知道，那些收到或寄出的信件里，除了缠绵的心里话，还会有多少神奇的内容，是文字表达不出的。读巴乌斯托夫斯基的《一生的故事》，他说他有个舅舅叫尤利亚，因为起义和反动政府斗争，被迫流亡日本，患上了思乡病，在他给家里寄来的最后一封信中，他请求家里在回信中寄给他一枚基辅的干栗树叶。我想起，当年在北大荒，曾经在信里寄给在内蒙古插队的同学一只像蜻蜓一样大的蚊子。一个在吉林插队的同学曾经寄给我一块贴在信纸上的当地的奶酪。那时候，我们吃凉不管酸，还没有尝到人生真正的滋味，没有像巴乌斯托夫斯基的舅舅一样患上思乡病，只知道到邮局去寄信去取信时候的欢乐和期待。

这个土坯房的小小的邮局，承载着我们青春岁月里的很多苦辣酸甜。不知去那里寄出多少封信，也不知道到那里取回多少封信，更不知道把农场的知青所有来往的信件包裹统统计算起来，会是一个多么庞大的数字。别看庙小，神通却大呢！那时候，觉得我们来到天边，北京是那么远，家是那么远，朋友们是那么远，天远地远的，小小的邮局是维系着我们和外面世界联系的唯一桥梁。

我最后一次到那里，是给母亲寄钱。那一年，父亲突然病逝，家中只剩下老母亲一人，我回北京奔丧后，想方设法调回北京。终于有了机会，我可以回北京当老师，我回北大荒办理调动关系，春节前赶不回去北京，怕母亲担心，也怕母亲舍不得花钱过年，我跑到邮局，给母亲寄去 30 元，给母亲写了一封信，尽管母亲不识字，但我相信母亲会找人念给她听。那一天，大雪纷飞。我禁不住又想起了电影《鸿雁》。会有哪一位邮递员的邮包里装上我的信件，奔波在茫茫的风雪中呢？很长一段时间，走进邮局，总给我一种家一般的亲切感觉，因为那里有我要寄出的或收到的信件，那些信件无一不是家信和朋友们的信件，即便不是"烽火连三月"，一样的"家书抵万金"呀。

命定一般，我和邮局有着割舍不断的联系，从北大荒回到北京，写写文章之后，总会有报纸杂志的信件、稿费寄来，也要自己去邮局领取稿费，寄送信件和书籍。大约三十年前，我家对面新建了一家邮局，因为常去，和那里的工作人员都熟悉了，他们中大多是年轻的姑娘，如果偶尔忘记带零钱了，或者稿费单上写的姓名有误，她们都会帮忙处理，然后笑吟吟地对我说最近在报纸上看到我的什么文章。那样子，总让我感到亲切。有一次，到邮局取稿费，柜台里坐着新来的一位小姑娘，等她办理手续的时候，我顺手抄来柜台上的几张纸，隔着柜台，画了三张她的速写像。取完钱后，小姑娘忽然对我说："看过您写过好多的文章，上中学的时候还在语文课本上学过您的文章。"受到表扬，很受用，不可救药地把其中觉得最好的一张速写送给了她。她接过画笑着说："看见刚才您在画我呢！"

如今网络发达，很多邮件通过微信传递，信件锐减；稿费大多改为银行转账，稿费单也随之锐减。总还是觉得，只是虚拟的网上信件，千篇一律的印刷体字迹，没有真实的墨渍淋漓，实在无趣得很。而那稿费单是绿色的，上面有邮局的黑戳儿，让你能够感受得到邮局的存在，那张小小的稿费单留有邮局的印记，就像风吹过水面留下的涟漪。或许是从小到老，邮局伴随我时间太长，对于邮局，总有深深的感情。邮局的存在，让那些信件，那些稿费单，像淬过一遍火一样，得到了某种意义上的升华。我知道，这种升华，对于我，是情感上的，是记忆中的，像脚上的老茧一样，是随日子一天天走出来的。

科技的发达，常常顾及时代发展大的方面，总会有意无意地伤及人们最细微的感情部分，或者说是以磨平乃至牺牲这些情感为微不足道的代价的。如今，快递业的迅速发展，邮局日渐萎缩——当然，也不能说是萎缩，那只是如旋转舞台上的转场一样，一时转换角色和景色而已。就像如今多媒体的存在，传统的纸质媒体，包括纸质书籍，受到冲击却依然存在而不会泯灭一样，邮局一样存在我们的生活中。顺便说一句，快递快，却也容易萝卜快了不洗泥，它所有的快件没有了邮票一说，这正是科技发达忽略、损害人们情感的又一个例证。只有邮局才会有那样五彩缤纷的邮票，才让集邮成为一种世界艺术。想想那些古代驰马飞奔的一个个驿站，那些曾经遍布各个角落的大小邮局，那些曾经矗立在街头的粗壮的绿色邮筒。那些电影《鸿雁》里背着绿色邮包跋山涉水的邮递员……滚滚红尘中，怎么可以缺少了他们？他们曾经让我们对家人对朋友对远方充满那么多的期盼。云中谁寄锦书来，只要还有鱼雁锦书在，他们就在。

有一天，在超市里买东西，忽然，感觉面前有个熟悉的身影倏忽一闪，抬头一看，站在对面的货架前的，是一位以前认识的邮局里的工作人员。她正在望着我，显然也认出了我。三十多年前，她还只是个年轻的姑娘，风华正茂。如今，她的身边站着一个和她当年一样年轻的姑娘，她告诉我是她的女儿，又告诉我她已经退休了。日子过得这样快，她竟然和邮局一起变老。

还有一天黄昏，一个女人骑着自行车，从我身边飞驰而过。然后，她又立刻掉头，骑到我的身边，停下车，问道："您就是肖老师吧？"我点点头，没有认出她来。她高兴地说："看着觉得像您！有小二十年没见您了，您忘了，那时候，您常上我们邮局取稿费寄书寄信？"我立刻想起来了，那时候，她还是个刚上班不久的小姑娘呢！

那个落日熔金的黄昏，我们站在街头聊了一会儿。我在想，如果没有邮局，阔别这么多年，茫茫人海中，熙熙攘攘的街头，我们怎么可能一眼认出彼此？是邮局连接起天南地北，是邮局让素不相识的人彼此如水横竖相通。

邮局！邮局！

窗前的母亲

在家里，母亲最爱待的地方就是窗前。

自从搬进楼房，母亲很少下楼。我们都嘱咐她，她自己也格外注意，她知道楼层高楼梯又陡，自己老了，腿脚不利落，磕着碰着，给孩子添麻烦。我们在家的时候，她和我们一起忙乎着做饭等家务，脚不识闲儿。我们一上班，孩子一上学，家里只剩下她一个人，没什么事情可干，大部分的时间里，她就是待在窗前。

母亲的房间，一张床紧靠着窗子，那扇朝南的窗子很大，几乎占了一面墙，母亲坐在床上，靠着被子，窗前的一切就一览无余了。阳光总是那样的灿烂，透过窗子，照得母亲全身暖洋洋的，母亲就像一株向日葵似的特别爱追着太阳烤着，让身子有一种暖烘烘的感觉。有时候，不知不觉地就倚在被子上睡着了。一个盹醒过来，睁开眼睛，她就会接着望着窗外。

窗外有一条还没有完全修好的马路，马路的对面是一片工地，恐龙似的脚手架，簇拥着正在盖起的楼房，切割着那时湛蓝的天空，遮挡住了远处的景色。由于马路没有完全修好，来往的车辆不多，人也很少，窗前大部分时间是安静的，只有太阳在悄悄地移动着，从窗子的这边移到了另一边，然后移到了窗后面，留给母亲一片阴凉。

我们回家时，只要走到楼前，抬头望一下家里的那扇窗子，就能够看见母亲的身影。窗子开着的时候，母亲花白的头发会迎风飘起，窗框就像一个恰到好处的画框。等我们爬上楼梯，不等掏出门钥匙，门就已经开了，母亲站在门口。不用说，就在我们在楼下看见母亲的时候，母亲也望见了我们。那时候，我们出门永远不怕忘记带房门的钥匙，有母亲在窗前守候着，门后面总会有一张温暖的脸庞。即使我们回家很晚，楼下已经是一片黑乎乎的了，在窗前的母亲也能看见我们。其实，她早老眼昏花，不过是凭感觉而已，那感觉从来都十拿九稳，她总是那样及时地出现在家门的后面，替我们早早地打开了门。

母亲最大的乐趣，是对我们讲她这一天在窗前看见的新闻。她会告诉我们今天马路上开过来的汽车比往常多了几辆，今天对面的路边卸下好多的沙子，今天咱们这边的马路边栽了小树苗，今天她的小孙子放学和同学一前一后追赶着，跟风似的呼呼地跑，今天还有几只麻雀落在咱家的窗台上，都是些平淡无奇的小事，但她有枣一棍子没枣一棒子地讲起来也会津津有味。

母亲不爱看电视，总说她看不懂那玩意儿，但她看得懂窗前这一切，这一切都像是放电影似的，演着重复的或不重复的琐琐碎碎的故事，沟通着她和外面的世界，也沟通着她和我们。有时候，望着窗前的一切，她会生出一些东一榔头西一棒子的联想，大多是些陈年往事，不是过去住平房时的陈芝麻烂谷子，就是沉淀在农村老家时她年轻的回忆。听母亲讲述这些八竿子都打不到一起的事情的时候，让我感到岁月的流逝，人生的沧桑，就是这样在她的眼睛里和窗前闪现着。有时候，我偶尔会想，要是把母亲这些都写下来，才是真正的意识流。母亲在这个新楼里一共住了五年。母亲去世之后的好长一段时间，我出门总是忘记带钥匙。而每次回家走到楼下的时候，我总是习惯性地望望楼上家的窗户，空荡荡的窗前，像是没有了画幅的一个镜框，像是没有了牙齿的一张瘪嘴。这时我才明白那五年时光里窗前曾经闪现的母亲的身影对我们是多么的珍贵而温馨；才明白窗前有母亲的回忆，也有我们的回忆；也才明白窗前该落有并留下了多少母亲企盼的目光。

　　当然，就更明白了：只要母亲在，家里的窗前就会有母亲的身影。那是每个家庭里无声却动人的一幅画。

正欲清谈逢客至

一

正欲清谈逢客至，偶思小饮报花开。很多年前，在一家客厅的中堂对联读到它，很喜欢，一下子记住，至今未忘。后查《剑南诗稿》，放翁原诗句为"正欲清言闻客至"，但还是觉得对联中将言和闻改为谈和逢更好。

偶思小饮报花开，是想象中的境界，正要举杯小酌，花就开了，哪儿这么巧？这不过是文学蒙太奇的笔法，诗意的渲染而已。但是，正要想能有个人一起聊聊天的时候，这个人如期而至，或不期而至，尽管不常有，总还是会出现。过去有句老话，叫作：说曹操，曹操到。也有这层意思，只是没有这句诗雅致，而且，说曹操，可能只是一时说起，并没有想和曹操有交谈的意思在。

正欲清谈逢客至，这样的情景，是生活温馨的时刻，是人生难得的际遇。

二

读高一那年，学校图书馆的高挥老师，突然来到我家。上小学以来，读书九年，没有一位老师家访。高老师是第一位。

图书馆学生借书，填写书单，由高老师找好，从窗口借给你。高老师允许我进图书馆，在书架上自由挑书，在全校是破天荒的事情。为此，有同学和高老师大吵。我对高老师感到亲切，她比我姐姐大一岁，我很想和她说说心里话，没想到她突然出现在我家的时候，竟然说不出什么话来了。

高老师知道我爱看书，特意到家来看我。她不是我的班主任，没有家访的任务。当然，也不是家访。家访不会让我感到那样亲切，想让我和她说好多的话。

在窄小的家里，她看到我仅有的几本书，塞在一个只有两层的小破鞋箱上，委屈地挤在墙角，当时并没有说话。五十多年过后，前几年，我见到她，她才对我说起。我知道日后她破例打开图书馆有百年历史藏书的仓库，让我进里面看书；我去北大荒前，从她手里借的好几本书再未归还——都和这个小破鞋箱有关。

三

父亲去世后，我从北大荒困退回京，待业在家，无聊至极，整天憋在小屋里。母亲说我跟糗大酱一样，都快糗出蛆了，劝我出去走走，找人聊聊天。找谁呢？我是回来很早的知青，大多数同学还都在全国各地插队的乡下。白天，大人上班，小孩上学，大院格外清静，我家更是门可罗雀。

有一个小姑娘来我家，她是邻居家的小孩，叫小洁，六岁，还没有上学。她手里拿着一本硬皮精装的书，把书递给我，打开一看，里面夹着的都是花花绿绿的玻璃糖纸。她从书里拿出几张不同颜色的玻璃糖纸，对我说："你把糖纸放在你的眼睛上，能看到不同颜色的太阳！"然后问我："好玩吧？"我知道，她是想和我一起玩，一起说说话。

我问她："你怎么有这么多的糖纸呀？"她一仰头说："攒的呀！我爸我妈过年给我买好多糖，吃完糖，我把糖纸就都夹在这本书里了。"说着，她让我看她的这些宝贝，书里面好多页之间夹着一张或两张玻璃糖纸，都快把整本书夹满了。每张糖纸的颜色和图案都不一样，花团锦簇，非常好看。我认真地一页一页地翻，一页一页地看，从头看到尾。

好多天，她都跑到我家，和我一起翻这本书，看糖纸，还不住地指着糖纸问我："这种糖你吃过吗？"我摇着头逗她说："没吃过。"

她就说："等下次我妈再给我买，我拿一块给你尝尝。"

几年以后，我搬家离开大院前，小洁跑到我家，要把这本夹满糖纸的书送给我。我连忙推辞。她却很坚决："我爸我妈总给我买糖，我的玻璃糖纸多得是！再说，我看出来了，你喜欢这本书里的诗。"说完，她俏皮地冲我一笑。

这是一本诗集，书名叫《祖国颂》，中国青年出版社出的。

四

父亲是清早到前门楼子后面的小花园里打太极拳，一个跟头倒下，突然走的。那时，我在北大荒，弟弟在青海，姐姐在内蒙古，家里只有母亲一个人，孤苦伶仃，束手无策，正想找个人商量一下怎么办理父亲的后事，焦急万分地没着没落。就是这么巧，老朱恰逢其时地出现在我的家里。

老朱是我的中学同学，一起到北大荒同一个生产队。他回北京休探亲假，假期已满，买好第二天回北大荒的火车票，临离开北京前到我家来，本是想问问家里给我带什么东西，没有想到母亲一把抓住他的手，面对的是母亲泪花汪汪的老眼。老朱安慰母亲之后，立刻到火车站退了车票，回来帮助母亲料理父亲的后事，一直等到我从北大荒赶回北京。

是的，这一次，不是我在家里正欲清谈而恰逢客至，是我的母亲，是比清谈更需要有人到来的鼎力相助。那一天，老朱如同从天而降，突然出现在母亲的面前，现在回想起来，简直是比书中或电影里的巧合还要不可思议。但是，就是这样：一触即发之际，才显示客至时情感的含义；雪中送炭，才让人感到客至时价值的分量；心有灵犀，才是放翁这句诗"正欲清谈逢客至"的灵魂所在。

一天明月照犹今

　　田增科老师今年八十七岁，教我的时候，我十五岁，他刚刚大学毕业不久，仅仅比我大十多岁。如果不是他帮助我修改了我的一篇作文《一幅画像》，并亲自推荐参加了北京市少年儿童征文比赛，我便不会获奖，更不会有幸由此结识叶圣陶前辈。

　　那篇作文是我第一篇变成铅字的文章。如果没有这样的一篇文章，我会那样迷恋上文学吗？我日后的道路会不会发生变化？我有时这样想，便十分感谢田老师。我永远难忘他将我的那篇作文塞进信封，投递进学校门前的绿色信筒里的情景；我也永远难忘当我的这篇文章被印进书中，他将那喷发着油墨清香的书递到我手中时比我还要激动的情景。那是春天一个细雨飘洒的黄昏。

　　我读高中以后，田老师不再教我。有一天放学之后，他邀请我到他家。那时，他刚刚结婚不久，学校分配给他一间新房，离学校不远。到了他家，他从书柜里翻出了一个大本子，递给了我，让我看。本子很旧，纸页发黄，我打开一看，里面贴的全是从报刊上剪下来的文章。再仔细看，每篇文章的署名都是田老师。原来田老师曾经在报刊上发表过那么多的文章。

田老师指着本子上的一篇文章，对我说："这是我发表的第一篇文章，和你一样，也是读中学的时候写的。"

我坐在他家，仔细看了田老师的这篇文章，写的是晚上放学回家，他在公交车上遇见的一件小事，写得委婉感人，朴素的叙述中，颠簸的车厢，迷离的灯光，窗外流萤般闪过的街景……荡漾着一丝丝诗意。心里暗暗地和我写的那篇《一幅画像》做了个比较，觉得比我写得要好，更像是一篇小说。有这样好的基础和开端，后来怎么再没有见到田老师发表的作品呢？

田老师好像明白了我的心思，对我说："可惜，后来上了大学，读的理论方面的书多，我没有把这样的文学创作坚持下来。"然后，他望望我，又说："希望你坚持下来！"

我明白了田老师叫我到他家来的目的了。我知道他的心意，他对我的期望。

那天，田老师对我讲了很多话，不像对他的一个学生，像是对他的一个知心的朋友。印象最深的是，他特别对我讲起了他中学的往事，讲起了他读高中时候教他语文课的蒋老师。蒋老师曾经是清华大学英语系的学生，语文课讲得特别好，经常给他们讲一些课外的文章，还借给他一些课外书。高中毕业，那时田老师在河南洛阳，洛阳没有高考的考场，考场设在开封。全班五十二个学生，是蒋老师带着这五十二个学生，坐了二百公里的火车，赶到开封，参加高考。为了防止学生意外生病，他还特意背着个药箱，细心周到地带着止泻药、防暑药。

田老师说他很感谢蒋老师，没有蒋老师，他不会从洛阳考到北京上大学。

我心里感觉田老师就是像蒋老师一样的好老师；好老师，就是这样代代传承的。人的一辈子，在小学和中学阶段，能够遇到一个或几个好老师，真的是他的幸运、他的福分，因为可以影响他的一生。

我和田老师这段师生之间的友情，从 1962 年一直延续至今，已经五十九年之久。即便以后，我长大了，到北大荒插队，在那些个路远天长、心折魂断的日子里，田老师常有信来，一直劝我无论在怎样艰苦的条件下，都千万不要放下笔放下书。在那文化凋零的季节，他千方百计从内部为我买了一套《水浒传》和一套《三国演义》，在我从北大荒回家探亲，假期结束要回北大荒的前夕，他骑着自行车，赶到我的家里把书送来。那时，我住在前门外一条老街上的一座老院破旧的小屋里。那一晚，偏巧我去和同学话别没有在家，徒留下桌上的一杯已经放凉的茶和漫天的繁星闪烁。

我写下这样一首小诗，怀念寒冬的那个夜晚——

清茶半盏饮光阴，往事偏从旧梦寻。

楼后百花春日影，雨前寸草故人心。

老街几度野云合，小院也曾荒雪深。

记得那年送书夜，一天明月照犹今。

重访林海音故居

　　林海音在北京居住多年，故居应该有多处，如今，硕果仅存，只有南柳巷一处。其实，说故居，也谈不上，1931 年林海音父亲的弟弟因抗日被日本鬼子杀死在大连，父亲去大连收尸后回来气愤不平吐血而亡，家境日渐败落，母亲领着全家八口，只住在这里北房靠西头的两间。因是晋江老乡，免收房租，那时候落难的林家，日子过得很是清苦。没有这样一段日子，大概也就没有日后林海音的《城南旧事》。

　　2005 年夏天，一个雨后的午后，我第一次去晋江会馆，小院里三棵老槐树落满一地的槐花如雪，非常夺人眼目。那是林海音住在这里时就有的老槐树。住在这里的老街坊新邻居，这半个多世纪以来住房紧张，却没有嫌这三棵老槐树碍事，没有砍掉它们腾出地方去搭建小房。想起我童年住过的老院粤东会馆，也曾经有三棵前清留下来的老枣树，可惜后来为了盖小房，都砍掉了。

那时的街坊真是热心肠，不仅容忍了我冒昧的打扰，各家在家的人几乎还都出了屋，七嘴八舌地热情地和我这个陌生的闯入者聊起天来。他们很骄傲，因为林海音是从这个院子里走出来的作家，林海音的小说，他们没看过，但根据小说改编的电影《城南旧事》，他们都看过。他们纷纷对我说起 1990 年和 1993 年林海音两次来到这个院子时的情景，当时她拉着老人站在大门口照相。"在台湾、澳门、香港的报纸上发表文章的时候，都配了这张照片。"

住在当年林海音一家那两间北房的老街坊，指着他们的房子对我说："你看这房顶的老瓦还都在，但房子已经漏雨。房管局好几次来人要帮我们修房，我们都没让他们修，一修就得把房顶挑了，房顶的老瓦就没了，铺上水泥顶，还能看出来当年的晋江会馆老样子吗？林海音再回来，还能认识她们家吗？"

我连连夸赞他们："你们保护晋江会馆有功啊！"他们连连摆手说："要说保护，得说我们院里的王大妈，原来大门上有晋江会馆的匾额，是她老人家给收了起来，一直放在她家的床铺底下，这么多年藏得好好的，没让人给砸了。"说着，他们带我来到西厢房边上的小院落里，一块两米多长、半米多宽的木匾竖着立在那里，木匾用塑料袋包着，足见街坊们的细心。我打开塑料袋，"晋江邑馆"四个黑色的颜体大字赫然在目，虽然一百多年的岁月剥蚀，木料已经老化，有地方甚至木质疏松，但字迹还是那样清晰，铁画银钩，很有力量。我想给这块老匾照张相，街坊们忙帮我把匾抬到院子中央，说这里宽敞些，光线也好些。

前两天的一个早晨，重访旧地，南柳巷已经重新整修过，院落外墙涂饰一新，每个院子的大门旁，多了一个用水泥雕塑成的门牌号，颇有点儿艺术气息。街面也整洁了许多，除了坐在院子门口乘凉的几个老人，小巷清净，烟霭蒙蒙，仿佛回到当年林海音住在这里的年月里。小时候的林海音，倚着门口看骆驼、看疯女人、看胡同口唱梨花鼓似的耍着铜碗卖酸梅汤的小贩；好像她正放学回家，从小巷口跑过来，用石头顺着别人家的墙上画，一直画到自己家门口。

晋江会馆大门紧锁，大门两侧，多了晋江会馆介绍和西城区文物保护的几块牌子。晋江会馆原来有 40 号和 42 号两个大门，按照旧时的格局，大门应该在 42 号，进 42 号门，是一溜两面高墙相夹的过道，然后，是真正的院门，2005 年来时，门旁还残存一个老门墩。进这个院门去之后，左手有一座影壁，影壁后面有一扇月亮门，月亮门里才是晋江会馆的四合院。如今，42 号最外面的门还在，但深深的过道已经被堵死，42 号已经名存实亡。会馆介绍和文物保护的牌子，只好勉为其难挂在 40 号院门旁。这应该是后开的门，北京老四合院都是有讲究的，怎么会紧挨着正房横空出世开一扇院门呢？

只能在外面张望，幸好，北房顶的老鱼鳞瓦还在，紧挨着院门的那两间北房，就是林海音的家。院里三棵老槐树还在，长得更高，窜出院墙，枝叶探人。正是槐花盛开的时候，一树槐花如雪，让我想起 2005 年来时的情景。

十六年过去了。站在院门外愣了会儿神，想起十六年前见到那些素不相识的老街坊们，总让我心存忘不了的感动。在这里，林海音离我那么近；在这里，文学比在书店和图书馆离普通人更近。

辑四　一片幽情冷处浓

世上有一部永远都写不完的书，那便是母亲；

我的心头有枚永远拔不出的刺，那便是父亲。

花边饺

　　小时候，包饺子是我家的一桩大事。那时候，家里生活拮据，吃饺子当然只能等到年节。平常的日子，若破天荒地包上一顿饺子，自然就成了全家人的节日。这时候，妈妈威风凛凛，最为得意，一手和面，一手调馅，馅调得又香又绵，面和得软硬适度，最后盆手两净，不沾一星点儿面粉。然后妈妈指挥爸爸、弟弟和我，看火的看火，擀皮的擀皮，送皮的送皮，颇似沙场点兵。

　　一般，妈妈总要包两种馅的饺子，一荤一素。这时候，圆圆的盖帘上分两头码上不同馅的饺子，像是两军对弈，隔着楚河汉界。我和弟弟常捣乱，把饺子弄混，但妈妈不生气，用手指捅捅我和弟弟的脑瓜说："来，妈教你们包花边饺！"我和弟弟好奇地看妈妈将饺子沿儿用手轻轻一捏，捏出一圈穗状的花边，煞是好看，像小姑娘头上戴了一圈花环。我们却不知道妈妈耍了一个小小的花招，她把肉馅的饺子都捏上花边，让我和弟弟连吃带玩地吞进肚里，自己和爸爸却吃那些素馅的饺子。

那段艰苦的岁月，妈妈的花边饺给了我们难忘的记忆。但是这些记忆，都是长到自己做了父亲的时候，才开始清晰起来，仿佛它一直沉睡着，只有一些经历才可以把它唤醒。

自从我能写几本书以后，家里的经济状况好转，饺子不再是什么圣餐。想起那些辛酸而我又不懂事的日子，想起妈妈自父亲去世后独自一人艰难度日的情景，我想不能再让妈妈在吃的上面受委屈了。我曾拉妈妈到外面的餐馆开开"洋荤"，她连连摇头："妈老了，腿脚不利索，懒得下楼啦！"我曾在菜市场买来新鲜的鱼肉或时令蔬菜，回到家里自己做，妈妈并不那么爱吃，只是尝几口便放下筷子。我便笑妈妈："您呀，真是享不了福！"

后来，我明白了，尽管世上的食品名目繁多，人的胃口花样翻新，妈妈雷打不动地只爱吃饺子。那是她老人家几十年来历久常新的最佳食谱。我知道唯一的方法是常包饺子。每逢我买回肉馅，妈妈看出要包饺子了，立刻系上围裙，先去和面，再去调馅，绝对不让别人插手。那精神气儿，仿佛又回到我们小时候。

那一年大年初二，全家又包饺子。我要给妈妈一个意外的惊喜，因为这一天是她老人家的生日。我包了一个带糖馅的饺子，放进盖帘上一圈圈饺子之中，然后对妈妈说："今天您要吃着这个带糖馅的饺子，一准是大吉大利！"

妈妈连连摇头笑着说："这么一大堆饺子，我哪儿那么巧能有福气吃到?"说着，她亲自把饺子下进锅里。饺子如一尾尾小银鱼在翻滚的水花中上下翻腾，充满生趣。望着妈妈昏花的老眼，我看出来她是想吃到那个糖饺子呢!

热腾腾的饺子盛上盘，端上桌，我往妈妈的碟中先拨上三个饺子。第二个饺子妈妈就咬着了糖馅，惊喜地叫了起来:"哟!我真的吃到了!"我说:"要不怎么说您有福气呢!"妈妈的眼睛笑得眯成了一条缝。

其实，妈妈的眼睛实在是太昏花了。她不知道我耍了一个小小的花招，用糖馅包了一个有记号的花边饺。

那曾是她老人家教我包过的花边饺。

母亲的月饼

中国的节日一般都是和吃联系在一起的，这和中国传统的节气相关，每一个节日都是和节气呼应着的，于是每一个节日都有一个和节气相关联的吃食做主角。又快到中秋节了，主角当然是月饼，只可惜近两年来，南京冠生园的黑心月饼和豪华包装的天价月饼相继登场，让中秋节跟着吃瓜落儿。

记得我小时候，每到中秋节就特别羡慕店里卖的自来红、自来白、翻毛、提浆，那时就只有这几种传统月饼，哪里像如今，又是水果馅，又是海鲜馅，居然还有什么人参馅，花脸一样百变时尚起来。可那时的月饼在北京城里绝对的地道，做工地道，包装也地道，装在油篓或纸匣子里，顶上面再包一张红纸，简朴却透着喜兴，旧时有竹枝词写道："红白翻毛制造精，中秋送礼遍都城。"

只是那时家里穷，买不起月饼，年年中秋节，都是母亲自己做月饼。说老实话，她老人家的月饼不仅赶不上致美斋、稻香村的味道，就连我家门口小店里的月饼的味道也赶不上。但母亲做月饼总是能够给全家带来快乐，节日的气氛，就是这样从母亲开始着手做月饼弥漫开来的。

母亲先剥好了瓜子、花生和核桃仁，掺上桂花和用擀面杖擀碎的冰糖渣，撒上青丝红丝，再浇上香油，拌上点湿面粉，切成一小方块一方块的，便是月饼馅了。然后，母亲用香油和面，用擀面杖擀成圆圆的小薄饼，包上馅，再在中间点上小红点，就开始上锅煎了。怕饼厚煎不熟，母亲总是把饼用擀面杖擀得很薄，我总觉得这样薄，不是和一般的馅饼一样了吗？而店里卖的月饼，都是厚厚的，就像京戏里武生或老生脚底下踩着的厚厚高底靴，那才叫角儿，那才叫月饼嘛。

每次和母亲争，母亲都会说："那是店里的月饼，这是咱家的月饼。"这样简单的解释怎么能够说服我呢？我便总觉得家里的月饼没有外面店里卖得好，嘴里吃着母亲做的月饼，心里还是惦记着外面店里卖的月饼，总觉得外面的月亮比自己家里的圆，这山望着那山高。其实母亲亲手做的月饼，是外面绝对买不到的。当然，明白这一点，是在我长大以后，小时候，孩子都是不大懂事的。

好多年前，母亲还在世的时候，中秋节时，我别出心裁地请母亲再动手做月饼给全家吃，其实是为了给儿子吃。那时，儿子刚刚上小学，为了让他尝尝以往艰辛日子的味道，别一天到晚吃凉不管酸。多年不自己做月饼的母亲来了兴致，开始兴致勃勃地做馅、和面、点红点儿、上锅煎饼，一个人忙里忙外，满屋子香飘四溢。月饼做得了，儿子咬了两口就扔下了。他还是愿意到外面去买商店里的月饼吃，特别要吃双黄莲蓉。

如今，谁还会在家里自己动手做月饼？谁又会愿意吃这样的月饼呢？都说岁月流逝，其实，流逝的岂止是岁月？

荔枝

　　我第一次吃荔枝，是 28 岁的时候。那时，我刚从北大荒回到北京，家中只有孤零零的老母。我站在荔枝摊前，挪不动步。那时，北京很少见到这种南国水果，时令一过，不消几日，再想买就买不到了。想想活到 28 岁，我居然没有尝过荔枝的滋味，再想想母亲快 70 岁的人了，也从来没有吃过荔枝呢！虽然一斤要好几元，挺贵的，咬咬牙，还是掏出钱买上一斤。那时，我刚在郊区谋上中学老师的职，衣袋里正有当月 42.5 元的工资，硬邦邦的，鼓起几分勇气。我想让母亲尝尝鲜，她一定会高兴的。

　　回到家，还没容我从书包里掏出荔枝，母亲先端出一盘沙果。这是一种比海棠大不了多少的小果子，每个都长着疤，有的还烂了皮，只是让母亲一一剜去了疤，洗得干干净净。每个沙果都显得晶莹透亮，沾着晶莹的水珠，果皮上的纹络显得格外清晰。不知老人家洗了几遍才洗成这般模样。我知道这一定是母亲买的处理水果，每斤顶多五分或者一角。居家过日子，老人家就这样节俭了一辈子。不知怎么搞的，我一时竟不敢掏出荔枝，生怕母亲骂我大手大脚，毕竟这是那一年里我买的最贵的东西了。

我拿了一个沙果塞进嘴里，连声说"真好吃"，又明知故问多少钱一斤，然后不住地说"真便宜"——其实，母亲知道那是我在安慰她而已，但这样的把戏依然让她高兴。趁着她高兴的劲儿，我掏出荔枝："妈！今儿我也给您买了好东西。"母亲一见荔枝，脸立刻沉了下来："你财主了怎么着？这么贵的东西，你……"我打断母亲的话："这么贵的东西，不兴咱们尝尝鲜！"母亲扑哧一声笑了，筋脉突兀的手不停地抚摸着荔枝，然后用小拇指甲盖划破荔枝皮，小心翼翼地剥开皮又不让皮掉下，手心托着荔枝，像是托着一只刚刚啄破蛋壳的小鸡，那样爱怜地望着，舍不得吞下，嘴里不住地对我说："你说它是怎么长的？怎么红皮里就长着这么白的肉？"毕竟是第一次吃，毕竟是好吃！母亲竟像孩子一样高兴。

那一晚，正巧有位老师带着几个学生到我家做客，望着桌上这两盘水果有些奇怪。也是，一盘沙果伤痕累累，一盘荔枝玲珑剔透，对比过于鲜明。说实话，自尊心与虚荣心齐头并进，我觉得自己仿佛是那盘丑小鸭般的沙果，真恨不得变戏法一样把它一下子变走。母亲端上茶来，顺手把沙果端走，那般不经意，然后回过头对客人说："快尝尝荔枝吧！"说得那般自然、妥帖。

母亲很喜欢吃荔枝，但是她舍不得吃，每次都把大个儿的荔枝给我吃。以后每年的夏天，不管荔枝多贵，我总要买上一两斤，让母亲尝尝鲜。荔枝成了我家一年一度的保留节目，一直延续到三年前母亲去世。

母亲去世前是夏天，正赶上荔枝刚上市。我买了好多新鲜的荔枝，皮薄核小，鲜红的皮一剥掉，白中泛青的果肉蒙着一层细细的水珠，像一张张汗津津的小脸，仿佛跑了多远的路。是啊，它们整整跑了一年的长路，才又和我们阔别重逢。我感到慰藉的是，母亲临终前一天还吃到了水灵灵的荔枝，我一直认为这是天命，是母亲善良忠厚一生的报偿。如果荔枝晚几天上市，我迟几天才买，那该是何等的遗憾，会让我产生多少无法弥补的痛楚。

但是，我错了。自从家里添了小孙子，母亲便把原来给儿子的爱分给孙子一部分。我忽略了身旁"小馋猫"的存在，他再不用熬到28岁才能尝到荔枝的滋味，他还不懂得什么叫珍贵，什么叫舍不得，只知道想吃便张开嘴巴。母亲去世很久，我才知道母亲临终前一直舍不得吃一颗荔枝，都给了她心爱的馋嘴的小孙子吃了。

而今，荔枝依旧年年红。

苦瓜

原来我家有个小院，院里可以种些花草和蔬菜。这些活儿都是母亲特别喜欢做的。把那些花草蔬菜侍弄得姹紫嫣红，像是给自己的儿女收拾得眉清目秀，母亲的心里才舒坦。

那时，母亲每年都特别喜欢种苦瓜。其实这么说并不准确，是我特别喜欢吃苦瓜。刚开始，是我从别人家里要回苦瓜籽，给母亲种，并对她说："这玩意特别好玩儿，皮是绿的，里面的瓤和籽是红的！"我之所以喜欢苦瓜，最初的原因是它里面的瓤和籽格外吸引我。苦瓜结在架上，母亲一直不摘，就让它们那么老着，一直挂到秋风起时。越老，它们里面的瓤和籽越红，红得像玛瑙，像热血，像燃烧了一天的落日。当我掰开苦瓜，兴奋地看着这两片像船一样而盛满了鲜红欲滴的瓤和籽的瓜时，母亲总要眯缝起昏花的老眼注视着，露出和我一样喜出望外的神情，仿佛那是她的杰作，是她才能给予我的欧·亨利式的意外结尾，是她让我看到苦瓜最终有了这朝阳般的血红和辉煌。

后来，我发现苦瓜做菜其实很好吃。无论做汤，还是炒肉，都有一种清苦味。那苦味，格外别致，既不会传给肉或别的菜，又有一种苦中蕴含的清香和苦味淡去的清新。

像喜欢院子里母亲种的苦瓜一样，我喜欢上了用苦瓜做的菜。每年夏天，母亲都会从小院里摘下沾着露水珠的鲜嫩的苦瓜，给我炒一盘苦瓜青椒肉丝。它成了我家夏日饭桌上一道经久不衰的家常菜。

自从这之后，我再见不到苦瓜瓤和籽鲜红欲滴的时候，因为再等不到那个时候了。

这样的菜，一直吃到我离开了小院，搬进了楼房。住进楼房，我依然爱吃这样的菜，只是再吃不到母亲亲手种、亲手摘的苦瓜了，只能吃母亲亲手炒的了。

一直吃到母亲六年前去世。

如今，我依然爱吃这样的菜，只是母亲再也不能到厨房为我亲手将青嫩的苦瓜切成丝，再掂起炒锅亲手将它炒熟，端上自家的餐桌了。

因为常吃苦瓜，便常想起母亲。其实母亲并不爱吃苦瓜。除了头几次，在我的怂恿下，她勉强动了几筷子，皱起眉头，以后便不再问津。母亲实在忍受不了那股异样的苦味。她说过，苦瓜还是留着看红瓤红籽好。可是每年夏天当苦瓜爬满架时，她依然为我炒一盘我特别喜欢吃的苦瓜肉丝。

最近看了一则介绍苦瓜的短文，上面有这样一段文字："苦瓜味苦，但它从不把苦味传给其他食物。用苦瓜炒肉、焖肉、炖肉，其肉丝毫不沾苦味，故而人们美其名曰：'君子菜'。"

不知怎么搞的，看完这段话，我想起了母亲。

佛手之香

　　一个星期天，我在潘家园旧货市场外面的街上，买了一只佛手。那时，这条街和市场里面一样的热闹，摆满了小摊，其中一个小摊卖的就是佛手。卖货的是个山东妇女，十几个大小不一、有青有黄的佛手，浑身疙疙瘩瘩的，躺在她脚前的一个竹篮里，百无聊赖的样子，像伸出来长短不一、粗细不均的枝杈来引起人们的注意。很多人不认识这玩意，路过这里都会问："这是什么呀，这么难看。"扭头就走了，没有人买。我买了一只黄中带绿的大佛手，她很高兴，便宜了我两块钱，说她是大老远从山东带来的，谁知道你们北京人不认！

　　这东西好长时间没有在北京卖了。记得第一次见到它，起码是四十多年前了。那时，我还在读中学，是春节前，在街上买回一个，个头儿没有这个大，但小巧玲珑，长得比这个秀气。那时，父母都还健在，把它放在柜子上，像供奉小小的一尊佛，满屋飘香。

我不知道佛手能不能称之为水果。它可以吃，记得那时我偷偷掐下它的一小角，皮的味道像橘子皮，果肉没有橘子好吃，发酸发苦，很涩。那时，我查过词典，说它是枸橼的变种，初夏时开上白下紫两种颜色的小花，冬天结果，但果实变形，像是过于饱满炸开了，裂成如今这般模样。它的用途很多，可以入药，可以泡酒，也可以做成蜜饯。那时我买的那个佛手没有摆到过年，就被父亲泡酒了，母亲一再埋怨父亲，说是摆到过年，多喜兴呀。

之后，我在唐花坞和植物园里看到过佛手，但都是盆栽的，很袖珍，只是看花一样观赏的。插队北大荒时，每次回北京探亲结束都要去六必居买咸菜带走，好度过北大荒没有青菜的漫长的冬春两季，在六必居我见过腌制的佛手，不过，已经切成片，变成了酱黄色，看不出一点佛指如仙的样子了。

我们中国人很会给水果起名字，我以为起得最好的便是佛手了，它不仅最形象，而且最具有超尘拔俗的境界。它伸出的权权，确实像佛手，只有佛的手指才会这样如兰花瓣般修长，曲折中有这样的韵致。在敦煌壁画中看到的那些端坐于莲花座上和飞于彩云间的各式佛的手指，确实和它几分相似。前不久看到了残疾人艺术团表演的千手观音，那伸展自如、风姿绰约的金色手指，确实能够让人把它们和佛手联系一起。我买的这个佛手，回家后我细细数了数，一共二十四支手指。我不知道一般佛手长多少佛指，我猜想，二十四支，除了和千手观音比，它应该不算少了。

我把它放在卧室里，没有想到它会如此的香。特别是它身上的绿色完全变黄的时候，香味扑满了整个卧室，甚至长上了翅膀似的，飞出我的卧室，每当我从外面回来，刚刚打开房间的门，香味就像家里有条宠物狗一样扑了过来，毛茸茸的感觉，萦绕在身旁。我相信世界上所有的水果都没有它这种独特的香味。在水果里，只有菲律宾的菠萝才可以和它相比，但那种菠萝香味清新倒是清新，没有它的浓郁；有的水果，倒是很浓郁，比如榴莲，却有些浓郁得刺鼻。它的香味，真的是少一分则欠缺，多一分则过了界，拿捏得那样恰到好处，仿佛妙手天成，是上天的赐予，称它为佛手，确为得天独厚，别无二致，只有天国境界，才会有如此如梵乐清音一般的香味。西方是将亨德尔宗教色彩浓郁的清唱剧《弥赛亚》中那段清澈透明、高蹈如云的《哈利路亚》视为天国的国歌的，我想我们东方可以把佛手之香，称之为天国之香的。这样说并非没有道理，过去文字中常见珠玉成诗，兰露滋香，我想，香与花的供奉是佛教的一种虔诚的仪式，那种仪式中所供奉的香所散发的香味，大概就是这样的吧。《金刚经》里所说的处处花香散出的香味大概也就是这样的吧。

　　它的香味那样持久，也是我所料未及的。一个多月过去了，房间里还是香飘不断，可以说没有一朵花的香味能够存留得如此长久，越是花香浓郁的花，凋零得越快，香味便也随之玉殒香残了。它却还像当初一样，依旧香如故。但看看它的皮，从青绿到鹅黄、柠檬黄、芥末黄，再到土黄，到如今黄中带黑的斑斑点点了，而且已经发干发皱萎缩了，瘦筋筋的，只剩下了皮包骨。想想刚买回它时那丰满妖娆的样子，让我感到的却不是美人迟暮的感觉，而是和时间一起变老的沧桑。

　　它已经老了，却还是把香味散发给我，虽然没有最初那样浓郁了，依然那样的清新沁人。那一刻，我忽然觉得它老得像母亲。是的，我想起了母亲，四十多年前，我第一次见到佛手的时候，母亲还不老。

豆包儿

　　如今的豆包儿，很少有人在家里自己做了，一般都会到外面买。外面卖的豆包儿，馅大多用的是红豆沙，这种红豆沙，是机械化批量生产的，稀烂如泥，豆子是一点儿也看不到的，自然，红小豆的豆粒那种沙沙的独有味道，也就大减，甚至索性全无。要想尝到那种味道，只有自己动手将红小豆下锅熬煮，不用说，这样传统的法子，费时费力又费火，谁还愿意做这种豆包儿？

　　在北京，唯有柳泉居几家老字号，一直坚持用这样的传统方法熬制豆馅，制作豆包儿。就因为费时费力又费火的缘故，如今柳泉居小小的豆包儿，一个卖到两元钱，价钱涨了不少。而且，皮厚馅少，塞进嘴里，那种豆粒的沙沙感觉，让位给了皮的面香。这绝对不是老北京豆包儿的做法，老北京的豆包儿，讲究的是皮薄馅大。这和包饺子的道理一样，主角必须得是馅，一口咬下，满口豆香，才能够吃出豆包儿独有的味道。

小时候，我吃的豆包儿，都是我母亲做的。那时候只有在改善生活的时候才能吃到豆包儿。春节前，必定是要包上满满一锅的，上锅之前，母亲还要在每个豆包儿上面点上一个小红点儿，出锅的时候，豆包儿变得白白胖胖，小红点儿像用指甲草或胭脂花抹上的小红嘴唇，格外喜兴。豆包儿，便显得和节日一样的喜兴了。

因此，每一次母亲包豆包儿，都会像过节一样。包豆包儿的重头戏，在于熬馅。我家有一口炒菜的大铁锅和一个蒸馒头的铝锅，熬豆馅必得用铁锅，至于什么道理，母亲是讲不出来的，只是说用铁锅熬出的豆馅好吃。说完之后，母亲觉得说的好像没有说服力，会进一步解释："你看炖肉是不是也得用铁锅？没有用铝锅的吧？"这样解释之后，她觉得道理已经充足了。

熬豆馅的重头戏，在于熬的火候。红小豆和凉水一起下锅，一次要把水加足。不能在熬到半截时看着水不够，一次次地加水，逗着玩！母亲这样说的时候，同时把红枣下进锅里。那红枣是早就用开水泡好，一切两半，去核去皮。我老家是河北沧县，出金丝小枣，但母亲从来不会用这种金丝小枣，用的是那种肉厚实的大红枣。用小枣煮出的豆馅没有枣的香味，那种金丝小枣，母亲会用它来蒸枣馒头。

水开之后，大火要改小火，还要用勺子不停地搅动，免得豆子巴锅。豆子不能熬得过烂，烂成一摊泥，豆子的香味就没有了。也不能熬得太稀，太稀包不成个儿不说，豆子的香味也就没有了。母亲包的豆包儿，馅一般会比较干，不会有那种黏稠的液体出现，开花之后的红小豆的颗粒感非常明显，咬起来沙沙的，豆子虽然被煮烂了，但是小小的颗粒还在，没有完全变成另一种形态，很实在的豆子的感觉和豆子的香味，会长久地在嘴里回荡，不像现在卖的豆包那样稀软如同脚踩在泥塘里的感觉。按照那时母亲的话说，那是把豆子给熬得没魂儿了！按照我长大以后开玩笑对母亲说的话是，就像唱戏，那样的豆馅是属于大众甜面酱的嗓子，您熬的这豆馅属于云遮月的嗓子。

豆馅熬得差不多了，放糖，是放红糖，不能放白糖。吃豆包和吃年糕不一样，吃年糕要放白糖，吃豆包必须放红糖。这个规矩，是母亲从上辈那里传下来的，是不能变的。只是，在闹灾荒的那几年，买什么糖都得要票，不是坐月子的或闹病的，红糖更是难淘换。没有办法，只能改用糖精，豆馅的味道差得太多，母亲嫌丢了自己的脸，那几年，豆包儿很少包了。

我长大以后，特别是大学毕业之后，自以为见多识广，建议母亲再包豆包儿熬馅的时候，加上一点糖桂花，味道会更好的。母亲不大相信，在她的眼里，糖桂花那玩意是南方货，包元宵和汤圆在馅里加一点可以，她包了一辈子豆包儿，从来没有加过这玩意。别遮了味儿！她摇摇头说，坚持她的老法子。我说不服她，由她去。

如今，母亲去世多年，买来的豆包儿都会加有糖桂花，母亲包的没有糖桂花的豆包儿，却再也吃不到了。

绉纱馄饨

　　北京普通人家，一般爱吃饺子，以前很少吃馄饨。我第一次吃馄饨，是上初中之后，和同学一起在珠市口路北一家饭馆里，饭馆紧靠着清华浴池，对面是开明老戏园，那时改名叫作珠市口电影院。我们就是晚上看完电影，到这里每人吃了一碗馄饨。

　　这是家小店，夜宵专卖馄饨。比起饺子，馄饨皮很薄，但馅很少，我便觉得馄饨是样子货，还是馅大肉多的饺子吃起来更痛快。

　　这样的印象被打破，是吃到了我们大院里梁太太包的馄饨之后。梁太太一家是江苏人，梁太太包的馄饨，在我们大院是出了名的，我很小的时候，就听院里的街坊议论过梁太太的馄饨，说她的馄饨皮，加了淀粉和鸡蛋，薄得如纸似纱，对着太阳或灯，能透亮。而且，馄饨皮捏出来的皱褶，呈花纹状，一个小小的馄饨，简直像一朵朵盛开的花，不吃，光是看，就让人爽心悦目，像艺术品。

梁太太自己说，这种馄饨，在她家乡几乎每户人家都会包，人们称作绉纱馄饨。我从来没有见过梁太太包的这样漂亮的馄饨，都是听街坊们这样说，只有想象而已。心里想，梁家有钱，自然吃的要比一般人家讲究得多。

那时候，梁太太很年轻，她的女儿只有四五岁，比我小两岁。梁先生在银行上班，梁太太不工作，在家里相夫教女。据说，梁先生最爱吃馄饨，所以梁太太才常常要包馄饨。特别是梁先生加夜班的时候，梁太太的馄饨更是必不可少。每次梁先生吃馄饨的时候，她女儿也要跟着吃，也爱吃得不得了。绉纱馄饨，成了她家经常上演的精彩保留节目。

读高一的秋天，下乡劳动，突然拉稀不止，高烧不退，同学赶着一辆驴车，连夜把我从郊区乡间送回北京。在医院里打完针吃了药，回到家之后，一连几天，烧还是不退，浑身虚弱，什么东西都吃不下去，没有一点儿胃口。母亲吓坏了，和街坊们说，想求得什么法子，可以让我吃下东西。人是铁饭是钢，不吃东西，这病怎么好啊！母亲念叨着。街坊们好心出了好多主意。

这天晚上，梁太太来到我家，手里端着一个小钢精锅，打开一看，满满一锅馄饨。梁太太对母亲说："给孩子尝尝，我特意在汤里点了些醋，加了几片西红柿，开胃的，看看孩子能不能吃一些？"

母亲谢过梁太太，转身找大碗，想把馄饨倒进碗里，好把钢精锅还给梁太太。梁太太摆手说："不急，不急，来回一折腾凉了就不好吃了。"说着，轻轻转身离去。

母亲用一个小碗盛了几个馄饨，舀了一些汤，递给我。我迷迷糊糊地吃了一个，别说，还真的很好吃，坦率地说，比母亲包的饺子要好吃，馅里有虾仁，是吃得出来的，还有什么东西我就不懂了。总之，很鲜，很香。我喝了一口汤，更鲜，里面不仅放了醋，还有白胡椒粉，真的特别开胃，竟然让我几口就把这碗汤都喝光了。

母亲很高兴，端来锅，又给我盛了一碗。我望了一眼锅里，西红柿的红，紫菜的紫，香菜的绿，汤的白，再加上皮薄如纸皱褶似花的馄饨里肉馅的粉嘟嘟颜色，交错在一起，好看得像一幅水墨画，是满盘饺子没有的色彩和模样。

病好之后，还在想梁太太的馄饨，不禁笑自己馋。心想，绉纱馄饨，这个名字取得真是好听。母亲包的饺子，有时也会在饺子皮捏出一圈圈的小皱褶，我们给它们取名叫作花边饺子，或麦穗饺子，总觉得都没有绉纱馄饨好听。

那时候，梁太太不到 40 岁，显得很年轻，爱穿一件腰身婀娜的旗袍。她女儿刚上初二，虽然和我不在同一所学校，毕竟在大院里一起长大，彼此朋友一样很熟悉。现在想想，有些遗憾的是，再也没有吃过梁太太的绉纱馄饨。

1968 年夏天，我去北大荒。冬天，梁太太的女儿到山西插队，和我家只剩下了老两口一样，她家也剩下了梁太太和梁先生相依为命。

6 年过后，我从北大荒调回北京当老师，算是我们大院里插队那一拨孩子里最早回来的。梁太太见到我，很有些羡慕。我知道，她女儿还在山西农村，自然希望女儿也能早点儿回来。

回北京一年半之后，我搬家离开大院，临别前一天下午，我去看望梁太太，发现她苍老了许多。算一算，那时候，她应该才50来岁。我去主要是安慰她，知青返城的大潮已经开始了，她女儿回北京是早晚的事。她坐在那里，痴呆呆地望着我，半天没有说话。我要出门的时候，她才忽然站起来对我说："晚上到我家吃晚饭吧，我给你包绉纱馄饨。"

晚上，她并没有包绉纱馄饨。

事过好几年之后，我听老街坊对我讲，那时候，她女儿已经在山西嫁给当地农民两年多了。

一片幽情冷处浓

又到鲜鱼口。一条比大栅栏历史还要久的老街，前些年被整治一新，变成北京小吃街。在街南力力餐厅和通三益的位置，以前有座二层小楼，是联友照相馆。力力餐厅和通三益干果店，以前都不在这里，在前门大街东侧。

正是中午，站在这个位置上，阳光直泻，照得我额头上渗出汗珠。通三益门口东侧吹糖人的小摊围着几个外地人。心里想，他们谁会知道这里原来是家照相馆呢？又想，即便知道了，又能怎么样呢？一条老街，跟一个人一样，如今都时兴整容，觉得整过的容貌，比爹妈给自己的面庞要好看。人们的审美观和价值观，就这样天经地义地发生着变化。

十多年前，我到这里的时候，联友照相馆的二层小楼还在，只不过变成了一个洗印照片的商店，破旧不堪，门可罗雀。我走进去，询问店员联友的历史。店员的岁数和我差不多大，知道的事情比较多，他告诉我，联友好多年前就不再是照相馆了，但还属于照相器材公司管，后来勉强经营洗印照片，现在就等着迁拆，看以后怎么安排了。

我问他，没有可能再把联友照相馆恢复起来吗？他摇摇头说，大概不会。然后对我说，你知道现在照相馆不好经营，都改影楼了。你看前门大街上的大北照相馆，以前多红火呀，现在行情也差多了。

他说得没错。我知道，这只是我的一厢情愿。也许，只有住在这附近的老街坊，对联友照相馆才有这样的情感。

在北京照相馆发展的历史上，第一家照相馆，是清光绪十八年（1892年），开设在琉璃厂的丰泰照相馆。对比丰泰，联友照相馆的历史没有那么长，它是民国后期开张的。但是，对于鲜鱼口这条老街，它却是第一家具有现代味道的店铺。自明清以来，鲜鱼口是以鞋帽铺为主的老街。那时候的鞋帽都是手工制作，传统农商时代的产物，照相馆可是洋玩意，无疑给鲜鱼口老街带来点儿维新的感觉。这感觉，就像前门大街1924年新建起的五洲大药房，那颇有洋范儿的大钟楼，和它"五洲"世界味的店名一样，专门经营西药。五洲和联友前后脚开店，颇有些与时俱进的意思。

和这位老店员聊天，他告诉我，联友的位置是原来的会仙居。会仙居是现在天兴居炒肝店的前身。会仙居开业在同治元年（1862年），地道的老字号，一直经营炒肝，生意不错。现在有名的天兴居是1930年前后开的后起之秀。只不过在最后的竞争中，后来者居上，会仙居被天兴居吞并。会仙居的地盘出让之后，原来的二层小楼便改建了联友照相馆。

在鲜鱼口老街上，我一直以为联友照相馆多少有些鹤立鸡群的感觉。这倒不是因为它是舶来品，由于它依托原来会仙居二层小楼的格局，并没有过多的改造，起码没有像五洲大药房那样立起一个欧式的钟楼来。它的门脸不大，只是多了一个橱窗，里面陈列着几张照片而已，其中有的照片，用彩笔上色，显得那么鲜艳，又那么不真实。从我家穿过兴隆街过小桥路口，走进鲜鱼口，一路都是卖点心卖百货卖鞋帽甚至卖棺材的传统老店铺，偏偏它不卖东西，而是为你服务，当场还拿不走照片，得等几天之后，才能够取得。这让小时候的我对它充满好奇，也有几分期待和想象。

那时候，对于普通家庭而言，照相还不普遍，除了证件照，或者全家福，一般不会去照相馆。我和弟弟有生以来的第一张照片，是在那里照的。那是1952年，生母去世后，姐姐为了担起家庭的重担，远走内蒙古去修铁路，临走的时候，带着我们到联友照了一张照片，全身，为的是特意照上我们为母亲戴孝穿的白鞋。那一年，我5岁，弟弟2岁，姐姐不到17岁。

以后，姐姐每一年回家，总会带我和弟弟照一次相，每一次都是到联友照相馆照的。在前门一带，照相馆并不止联友一家，起码，在前门大街东侧有大北照相馆，西侧有中原照相馆，劝业场的三楼也有照相馆，但是，姐姐只选择联友，便也连带着我对联友多了一份由衷的感情。同时，还有重要的一点，是那三家照相馆立足于前门外，都晚于联友。大北尤其晚，它是 1958 年由石头胡同迁到前门大街上的。如今，其余几家照相馆都从前门一带消失，硕果仅存，只剩下了大北一家。每次路过大北的时候，总会不由自主地想起联友。

记得最后一次到联友照相馆照相，是我高二那一年即 1965 年的冬天。第二年"文化大革命"就来了，一切都乱了套，我和弟弟分别去了北大荒和青海，姐姐再回到北京，看到我们姐弟三人，分在三处，远在天涯，来去匆匆之中，只剩下了伤感，失去了照相的兴趣。

姐姐八十大寿，我去呼和浩特看姐姐，看见她家写字台的玻璃板底下放着一张照片，很长，是姐姐把那时每次回来探亲时候和我及弟弟照的那一张张合影，洗在一起，像是电影的胶片一样，串联起了我们童年和少年的脚印。想想是从 1952 年到 1965 年 14 年来的照片。那是我们姐弟三人的一段记忆，也是联友照相馆的一段断代史。

心里明镜般的清楚，如果不是刚刚在姐姐家看到这如糖葫芦般一长串的照片，我也不会想起到鲜鱼口来。只是，联友照相馆已经不在了。十多年前，它还在呢，这么快，像梦一样消失得无影无踪。

站在中午暖洋洋的秋阳下，站在遥远却清晰的记忆深处，眼前忽然晃动起这样一幅画面：每一次姐姐带我和弟弟到联友，照相之前，姐姐都会划着一根火柴，燃烧一半时吹灭，用火柴头儿剩下那一点点炭的灰烬，为我和弟弟涂黑眉毛。照相的师傅总会看着我们，耐心地等姐姐涂完，然后微笑着招呼我们过去，站在他那蒙着黑布的照相机前。

想起了纳兰性德的一句词：一片幽情冷处浓。他说的是芙蓉花。我想的是联友照相馆。

姐姐五记

一

最早的记忆，应该从母亲去世时始。那一年，我五岁。母亲才三十七岁，突然离开了我们。

那一天，我和弟弟站在家门的外面，看着有人将母亲抬出屋，抬出院子。我和弟弟都没有哭，悲伤还没有来得及涌出心口，先被突然撞得不知所措。记得那一天，院子里老槐树的槐花落了一地。洁白如雪的槐花，成了祭奠母亲的白花。

没过几天，姐姐到大栅栏为我和弟弟每人买了双白力士鞋，然后，带着我和弟弟到鲜鱼口的联友照相馆照了一张照片，全身照，穿着为母亲戴孝的白鞋。

又没过几天，姐姐走了。她偷偷报名去了内蒙古。那时，修京包线铁路，正需要人。家里生活愈发拮据，母亲去世后一大笔亏空，父亲瘦削的肩已力不可支。姐姐是为了减轻家里的负担，独自一人走向风沙弥漫的内蒙古，虽未有昭君出塞那样重大的责任，却一样心事重重地为了我们离开了北京。

至今我仍旧清晰地记得那一晚在前门火车站送姐姐的情景。火车鸣响着汽笛，喷吐白烟，缓缓地驶出站台，最后一点儿影子都看不见了，只剩下光秃秃的铁轨，在清冷的月光下闪着寂寞的光。我和弟弟分别躲在站台的柱子后面，我在悄悄地哭，看不见弟弟，但我知道，弟弟肯定也在悄悄地落泪。

带着在联友照相馆照的我们姐弟三人的照片，姐姐走了。那一年，姐姐还不到十七岁。

我和弟弟过早尝到了离别的滋味，它使我们因过早品尝人生的苍凉，而性格有些内向、内心有些早熟。从此，火车站灯光凄迷的月台，便和我们的命运相交，无法分割。盼望着姐姐乘坐火车回家，成为我和弟弟每年最大的心愿。

二

去内蒙古一年以后的春节前，姐姐第一次回家看我和弟弟。

姐姐回到家的第二天，带我和弟弟到劝业场。那时候，在前门一带，劝业场是最大的一家商场了。姐姐给我和弟弟一人买了一双皮鞋。翻毛，高帮，系带，棕黄色。记得那么清楚，因为这是我和弟弟第一次穿皮鞋，以前穿的都是妈妈亲手缝制的布鞋。

还记得很清楚，买鞋的时候，售货员阿姨对姐姐说："小孩子长得快，鞋买大一点儿的好，要不明年一长个儿，脚丫子长大了，鞋穿不进去了，怪可惜的。"

姐姐听从了售货员阿姨的建议，给我和弟弟买了两双大皮鞋。问题是，给我买的那双皮鞋，实在是过大了些，穿在脚上像踩着小船一样直逛荡。但是，当时穿在脚上，还是挺高兴的，根本顾不上大不大，逛荡不逛荡。在我们大院所有孩子中，我和弟弟是最早穿上皮鞋的呢。那时候过年唱的儿歌：过新年，真热闹；穿新衣，穿新鞋；戴花帽，放鞭炮……我也有了新鞋，而且是皮鞋，明天穿上它，可以在院子里显摆一下了，那将是我过得最快乐的一个春节。

年三十儿吃完饺子，放完鞭炮，大概是吃得撑了，我憋不住，跑去厕所拉屎，擦完屁股，刚提上裤子要走，一只脚丫子竟然像脱了壳的小鸡一样，从皮鞋里伸了出来，等我想赶紧再把脚丫子伸进鞋里去的时候，没有想到，脚丫子没有伸进去，反倒把鞋踢进茅坑里了。这皮鞋也实在太大了！

哇的一声，我哭了起来。毕竟这双大皮鞋刚刚穿了没两天呀。我不知如何是好，望着茅坑，一个劲儿地哭，仿佛只要使劲儿哭，那只大皮鞋就能听见，就可以像鱼游上岸一样，自己从茅坑里上来，重新回到我的脚丫子上。

厕所就在我们大院里，离我家很近，大概我的哭声过于惨烈，惊动了四邻，很多人跑过来。第一个跑进来的，是我爸爸。他问清我怎么一回事之后，二话没说，立刻弯腰探身，伸手将那只皮鞋从茅坑里捞了上来，根本不管手上沾上了脏兮兮的屎尿。

爸爸拎着这只臭烘烘的皮鞋回到家，先用清水洗净，然后，晾在窗台上，对我说："没关系，皮鞋晾干了，照样能穿。"

姐姐在一旁笑了，对我说："都怨我，买的皮鞋太大了！"爸爸却在一边开玩笑说："大皮鞋，大皮鞋嘛，就是得大点儿！"

姐姐笑得更厉害了，她知道，爸爸是心疼钱，买一双皮鞋，要花不少钱呢。

第二天，姐姐带我又去了一趟劝业场，可惜，人家过年关门休息。我多少有些扫兴，谁愿意穿一双臭皮鞋呢？

姐姐临离开北京回内蒙古前，还是带我到劝业场，买了一双新皮鞋。还是翻毛，高帮，系带，棕黄色。这双大皮鞋，一直穿到我读小学。

三

如果问我小时候最大的愿望是什么？就是盼姐姐回来。因为每次姐姐回来，都会给我们带回许多好吃的、好玩的，让我暂时忘记心里的一切不快。我还真是只小馋猫呀！

那时候，出大院，往西走不了几步，穿过一条叫作北深沟的小胡同，往西一拐弯，有一条小路，是土路，路旁边，是明城墙下的护城河，河水蜿蜒荡漾，河边有垂柳和野花。沿着这条小路往西走不到一里，便是北京老火车站。新火车站没有建立之前，绝大多数进出北京的客车都要从这里经过。护城河的对岸，常常可以看见停靠或者驶出开进的列车，有时车头会鸣响汽笛，喷吐白烟，让这条清静的小路一下子活起来，有了蓬勃的生气。姐姐每年探亲，都是从这个火车站下车回家的。只是，姐姐每年只有一次探亲假，我便常常一个人走在这条小路上，幻想着姐姐会突然回来，比如临时的出差，或者和我想念她一样也想念我了。她下了火车，走出车站，走在这条回家的必经之路上，我就可以接到姐姐了。

记得三年困难时期，姐姐到武汉出差，想买些香蕉带给我们，跑遍武汉三镇，只买回两挂芭蕉。那是我第一次吃芭蕉，短短的，粗粗的，口感虽没有香蕉细腻，却让我难忘。望着我和弟弟贪婪吃芭蕉的样子，姐姐悄悄落泪。

那时，我不明白姐姐为什么要落泪。姐姐的普通话讲得好，最开始在铁路局当电话员。她结婚很早。我不知道她为什么那么早结婚，爸爸知道，是为了减轻家里的负担。那一次，姐姐和姐夫一起来北京，看见我和弟弟如狼似虎贪吃的样子，没说什么。"正是长身体的时候，肚子却空空的，像无底洞，家里粮食总是不够吃……"父亲念叨着。姐姐掏出一些全国粮票给父亲，第二天一清早，便和姐夫早早去前门大街全聚德烤鸭店排队。那时，排队的人多得不亚于现在办出国签证。我不知道姐姐姐夫排了多长时间，我和弟弟放学回家时，见到桌上已经摆放着烤鸭和薄饼。那是我们第一次吃烤鸭，以为这该是世界上最好吃的东西了。望着我们一嘴油一手油可笑的样子，姐姐苦涩地笑了。

盼望姐姐回家，成了我和弟弟重要的生活内容。于是，我们尝到了思念的滋味。思念有时是很苦的，却让我们的情感丰富而成熟起来。

姐姐生了孩子以后，回家探亲的日子越来越少。她便常寄些钱来，每月寄来三十元钱。那时候，她每月的工资只有六十几元。见不到姐姐，我们开始越发思念姐姐了。盼望姐姐归来已经不仅仅为了馋嘴，一股浓浓依恋的情感，已经长成枝繁叶茂的大树，即使无风依然会婆娑摇曳。

终于，又盼到姐姐回来了，领着她的女儿。好日子太不经过，像块糖，即使再精心地在嘴里含着，还是越化越小。既然已经是渴望中的重逢，命中必有一别。分别的那一天，姐姐说什么也不要我和弟弟送，因为姐姐来的第二天，正是少先队宣传活动，为了能和姐姐在一起玩，我逃了活动，挨了大队辅导员的批评。

那一天中午，我和弟弟从学校里回家匆忙地吃完午饭，姐姐带我们到家附近的鲜鱼口联友照相馆。照相前，她没带眉笔，划着几根火柴，用火柴头燃烧后的可怜的一点点如笔尖上点金一样的炭，分别在我和弟弟眉毛上描了描，想把我们打扮得漂亮些。匆匆忙忙照完相，回到家整理好行装，我和弟弟送姐姐她们娘俩到大院门口，姐姐不让送了，执意自己上火车站，走了几步，回头看我们还站在那里，便招招手说："快回去上学吧！"我和弟弟谁也没动，谁也没说话，就那样呆呆站着，望着姐姐的身影消失在胡同尽头。当我们看到姐姐真的走了，一去不返了，才感到那样悲恸，依依难舍又无可奈何。我和弟弟悄悄回到大院，一时不敢回家，一人伏在一棵丁香树旁默默地擦眼泪。

我们不知在那里站了多久，忘记了上学的时间，一直到一种梦一样的声音突然在耳边响起，抬头一看，竟不敢相信：姐姐领着女儿再次出现在我们的面前，仿佛她早已料到会有这样的场面一样。她摸摸我们的头说："我今儿不走了！你们快上学吧！"我们破涕为笑。那一天过得格外长！

长大以后，我读法国作家纪德的自传，看他写了这样一段："在溜达的时候，我们像做有点幼稚的游戏，假装去迎接我的某个朋友。这位朋友大概在很多人之中，我们会看见他从火车上下来，扑进我的怀抱，嚷道：'啊，多么漫长的旅行！我还以为永远见不到了呢。总算见到你了……'但都是一些与我无关的人从身边流动过去。"

记忆在读到这里的时候被唤醒，我立刻想起了那条通向护城河的小路。

想起我常一个人走在这条小路上，一直走到河边，然后沿着河边往西走，走到火车站。我像纪德所说的那样："假装去迎接我的某个朋友。这位朋友大概在很多人之中，我们会看见他从火车上下来，扑进我的怀抱……"

是的，我接的并不是朋友，而是我的姐姐；不是她扑进我的怀抱，而是我扑进她的怀抱，是我跑过去，一下子扑进她的怀抱。

想起那条小路，童年的记忆，一下子复活了。

四

对于生母，我没有什么印象。更多的是对她的想象，这些想象常常融化在对姐姐的思念中。在我儿时的记忆里，姐姐的身上融有母亲的影子。两人重叠在我的印象和思念中。

说起母亲，姐姐称之为娘，我便跟着也叫娘。

娘留下的遗物，只有三件。

一件是一张娘年轻时候的照片。自从母亲去世后，那张被父亲放大成十几英寸的黑白照片，一直挂在我家的墙上。这张照片，我一直保存着，成为母亲和我血脉相连的唯一凭证。这张照片上的母亲，典型民国时期的妇女装束，母亲长得是挺漂亮的，大大的眼睛里，放射出的光带有一点儿严厉，让我觉得那么陌生，而有些距离。

另一件是几管彩色的丝线。娘的手很巧，会丝绣，这是我长大以后听姐姐说的，也听邻居们说起过。娘去世后，我悄悄地把这几管丝线藏在我睡觉的床铺下面，每天枕着这几管丝线睡，觉得娘似乎还在我的身边。

第三件是一组四扇屏。但是，我小时候并没有看见过，这组四扇屏，姐姐离开北京去内蒙古时带走了。她一直把它们藏在箱子底，前些年才拿出来，装在四个大镜框里，挂在客厅的墙上。我去呼和浩特姐姐家时，第一次见到。那是四季内容的传统丝绣，缎面已经显旧，颜色有些暗淡。但是，丝线的质量很好，依然透着光泽，比一般的墨色和油画色还能保鲜。

春绣的是凤凰戏牡丹。牡丹的枝叶，像被风吹动，蜿蜒伸展自如，柔若无骨；有趣的是凤凰凌空展翅，多情又有些俏皮地伸着嘴，衔着牡丹上面探出的一根枝条，像是用力要把这一株牡丹连花带叶都衔走，飞上天空。右上方用红丝线绣着两行小字：牡丹古人称花王。

夏绣的是映日荷花。绿绿的荷叶亭亭，粉红色的荷花格外婀娜，还横刺出一枝绿莲蓬。荷花上有一只蜜蜂飞舞，水草中有一只螃蟹弄水，有意思的是，最下面的浪花全绣成了红色。右上方也是用红丝线绣着两行小字：夏月荷花阵阵香。

秋绣的是菊花烹酒。没有酒，只有一大一小、一上一下两朵金菊盛开，几个花骨朵点缀其间，颜色很是跳跃。上面还有一只蝴蝶在花叶间翻飞，下面有一只七星瓢虫，倒挂金钟般在花枝下，像荡秋千。最底下的水里，有一条大眼睛的游鱼，有一只探出犄角来的小蜗牛，充满童趣。左上方用墨绿色的丝线绣着两行小字：菊花烹酒月中香。

冬绣的是传统的喜鹊登梅。五瓣梅花，绣成了粉红色、淡紫色和豆青色，点点未开的梅萼，红的、粉的，深浅不一，散落在疏枝之间，如小星星一样闪闪烁烁。喜鹊的长尾巴绣成紫色，翅膀黑色的羽毛下藏着几缕苹果绿，肚皮绣成了蛋青色。最下面的几块镂空的上水石，则被完全抽象化，绣成五彩斑斓的绣球模样了。依然是为了左右对称，在左上方用墨绿色的丝线绣着两行小字：梅萼出放人咸爱。

绣得真是清秀可爱。我心里暗想，或许是"出"字绣错了，应该是"初"字。我知道娘的文化水平不高，好多字是结婚以后父亲教她的。

姐姐告诉我，这是娘做姑娘时候绣的呢。

那一天，突然见到这四扇屏，心里有些激动，禁不住贴近墙面，想仔细看，忽然有种感觉，好像不知是这面墙热，还是四扇屏有了热度，一下子觉得有了一种温暖的感觉，好像就贴在娘的身边。

这面墙正对着阳台的玻璃窗，四扇屏上反光很厉害，跳跃着的光点，晃着我的泪花闪烁的眼睛，一时光斑碰撞在一起，斑驳迷离。春夏秋冬的风景，仿佛晃动交错在一起，很多记忆，蜂拥而至，随四季变幻而缤纷起来。而且，本来似是而非早已经模糊的娘的影子，似乎也水落石出一般，在四扇屏上清晰地浮现出来。

我想，娘一定在四扇屏上看着我们。那上面有她绣的牡丹、荷花、菊花和梅花，簇拥着她，也簇拥着我们。

五

前两年，姐姐八十大寿，我到呼和浩特看姐姐，看见她家写字台的玻璃板底下放着一张照片，很长，是姐姐把那时每次回来探亲时候和我及弟弟照的那一张张合影，洗在一起，像是电影的胶片一样，串联起了我们童年和少年的脚印。

姐姐家住一楼，房前有块空地，种着一株香椿树、一株杏树和一株苹果树。退休之后，姐姐把这块空地开辟成了菜园。翻土、播种、浇水、施肥……每天乐此不疲。姐姐一辈子在铁路局工作，年年都是劳动模范，局里新盖了高层楼，分她新房，面积多出三十多平方米。她不去，舍不得她的这片菜园。孩子们都说她："如今，一平方米房子值多少钱？你那破菜园能值几个钱？"却谁也拗不过，只好随了她。

我已经好几年没有见到姐姐了。来到姐姐家，先看姐姐的菜园。菜园不大，却是她的天堂，那里种着她的宝贝。特别是姐夫前几年病逝之后，那里更是她打发时光消除寂寞的好场所。菜园被姐姐收拾得井井有条。丝瓜、扁豆满架，倭瓜满地爬，小葱棵棵似剑，韭菜根根如针，西红柿、黄瓜和青椒，在架子上红的红、青的青、弯的弯、尖的尖……忍不住想起中学里学过吴伯箫的课文《菜园小记》里说的，真的是姹紫嫣红。这么多的菜，吃不完，送给邻居，成了姐姐最开心的事情。

菜园旁，立着一个大水缸，每天洗米洗菜的水，姐姐从厨房里一桶一桶拎出来，穿过客厅和阳台，走进菜园，把水倒进水缸，备用浇菜。节省一辈子的姐姐，常被孩子们嘲笑，而且，劝她说现在菜好买，什么菜都有，就别整天忙乎这个了，好好养老不好吗？姐姐会说，劳动一辈子了，不干点活儿难受。想想，在风沙弥漫的京包铁路线上餐风饮露，这是她念了一辈子的经文，笃信难舍。再想想，人老了，其实不是享清闲，而是怕闲着，能有点儿事干，而且，这事儿干着又是快乐的，便是养老的最好境界了。姐姐种的那些菜，便有她自己的心情浸透，有她往事的回忆，是孩子都上班上学去之后孤独时的伙伴，她可以一边侍弄着它们，一边和它们说说话。

夸她的菜园，就像夸她的孩子一样的高兴。我对她的菜园赞不绝口。姐姐指着菜园前面绿葱葱的植物，我没认出是什么。她对我说，这里原来种的是生菜和小水萝卜，今年闹虫子，我把它们都给拔了，改种了草莓。不知怎么闹的，也可能是我不会种这玩意儿，你看，一春天都过去了，只结了一个草莓。

我跟着她走过去，伏下身子仔细看，才看见偌大的草莓丛中，果然只有一颗草莓，个头儿不大，颜色却很红，小小的红宝石一样，孤独地藏在叶子下面，好像害羞似的怕人看见。

"孩子们看着它好玩，都想摘了吃，我没让摘。"姐姐说。我问她，干吗不摘，时间久，回头再烂了，多可惜。姐姐笑着说："我心里盼望着有这么一个伴儿在这儿等着，兴许还能再结几个草莓！"

相见时难别亦难，和姐姐分手的日子到了，离开呼和浩特回北京的前一天晚上，姐姐蒸的米饭，我炒的香椿鸡蛋，做的西红柿汤，菜都来自姐姐的菜园。晚饭后，姐姐出屋去了一趟菜园，然后又去了一趟厨房，背着手，笑眯眯地走到我的面前，像变戏法一样，还没等我猜，就伸出手张开来让我看，原来是那颗草莓。"你尝尝，看味儿怎么样？"姐姐对我说。

我接过草莓，小小的，鲜红鲜红的，还沾着刚刚冲洗过的水珠，真不忍心下嘴吃。姐姐催促着，快尝尝！我尝了一口，真甜，更难得的是，有一股在市场买的和采摘园里摘的少有的草莓味儿。这是一种久违的味儿。

拥你入睡

儿子上初一以后，忽然一下子长大了。换内裤，要躲在被子里换；洗澡，再也不用妈妈帮助洗，连我帮他搓搓后背都不用了。

我知道，儿子长大了，无可奈何地长大了。原来拥有的天然的肌肤之亲和无所顾忌的亲昵，都被这长大拉开了距离，变得有些羞涩了。任何事物都要有一些失去，才能有一些得到吧。

有一天下午，儿子复习功课，累了，躺在我的床上看电视。实在是太累，刚看了一会儿眼皮就打架了。他忽然翻了一个身，倚在我的怀里，让我搂着他睡上一觉，迷迷糊糊中嘱咐我一句："一小时后叫我，我还得复习呢！"

我有些受宠若惊。许久许久，儿子没有这种亲昵的动作了。以前，就是一早睡醒了，他还要光着小屁股钻进你的被窝里，和你腻乎腻乎。现在，让你搂着他像搂着只小猫一样入睡，简直类似天方夜谭了。

莫非在懵懵懂懂中，儿子一下跌进了逝去的童年中？记忆深处掀起了清新动人的一角，让他情不自禁地拾蘑菇一样拾起了往日的温馨？

儿子确实像小猫一样睡在我的怀里。均匀的呼吸，胸脯和鼻翼轻轻起伏着，像春天小河里升起又降落的暖洋洋的气泡。

我想起他小时候，妈妈上班，家又拥挤，他在一边玩，我在一边写东西，玩着玩着腻了，他要喊："爸爸，你什么时候写完呀？陪我玩玩不行吗？"我说："快啦！快啦！"却永远快不了，心和笔被拽着走得远远的。他等不及了，就跑过来跳在我的怀里带有几分央求的口吻说："爸爸！我不捣乱，我就坐这儿，看你写行吗？"我怎么能说不行？已经把儿子孤零零地抛到一边寂寞了那么长时间！我搂着他，腾出一只手接着写。

那时候，好多东西都是这样搂着儿子写出来的。他给我安详，给我亲情，给我灵感。他一点儿也不闹，一句话也不讲，就那么安安静静依在我的怀里，像落在我身上的一只小鸟，看我写，仿佛看懂了我写的那些或哭或笑或哭笑交加的故事。其实，那时他认识不了几个字。有好几次，他依在我的怀里睡着了，睡得那么香那么甜，我都没有发现……

以后我常常想起那段艰辛却温馨的写作日子，想起儿子依在我怀中小鸟一样静谧睡着的情景。我觉得我的那些东西里有儿子的影子、呼吸，甚至有他睡着之后做的那些个灿若星光的梦境……

儿子长大了。纵使我又写了很多比那时要好的故事，却再也寻不回那时的感觉、那一份梦境了。因为儿子再不会像鸟儿一样蹦上你的枝头，纯真无邪地依在你的怀里睡着了。

如今，儿子居然缩小了一圈，岁月居然回溯了几年。他依在我的怀里睡得那么香甜、恬静。我的胳膊被他枕麻了，但我不敢动，怕弄醒他，我知道这样的机会不会很多甚至不会再有，我要珍惜。我格外小心翼翼地拥着他，像拥着一根又轻又软又薄又透明的羽毛，生怕稍稍一失手，羽毛就会袅袅飞去……

并不是我太娇惯儿子，实在是他不会轻易地让你拥他入睡。他已经长大，嘴唇上方已经展起一层细细的绒毛，喉结也像要啄破壳的小鸟一样在蠕动。用不了多久，他会长得比我还要高，这张床将伸不开他的四肢……

蓦地，我忽然想起儿子小时候曾经抄过的诗人傅天琳的一首诗，其中有这样几句：

你在梦中呼唤我呼唤我

孩子你是要我和你一起到公园去

我守候你从滑梯上一次次摔下

一次次摔下你一次次长高

如果有一天你梦中不再呼唤妈妈

而呼唤一个陌生的年轻的名字

那是妈妈的期待妈妈的期待

妈妈的期待是惊喜和忧伤

我禁不住望望儿子，他睡得那么沉稳，没有梦话，我不知此刻他是不是在睡梦中呼唤着我。我却知道会有这么一天，拥他入睡的再不是我，而是他睡梦中"呼唤一个陌生的年轻的名字"。亲爱的儿子，那将如诗人所写的，是爸爸的期待，爸爸的期待是惊喜又是忧伤。哦，我亲爱的儿子，你懂吗？此刻的睡梦中，你梦见爸爸这一份温馨而矛盾的心思了吗……

一个小时过去了，我没有舍得叫醒儿子。

母亲

　　十年来，我写过许多篇有关普通人的报告文学。我自认为与他们血脉相连，心像磁针一样指向他们。可是我却从来没有想到我可以，也应该写写她老人家。为什么？为什么？

　　是的，她比我写的报告文学中那些普通人更普通、更平凡，就像一滴雨、一片雪、一粒灰尘，渗进泥土里，飘在空气中，看不见，不会被人注意。人啊，总是容易把眼睛盯在别处，而忽视眼前的、身边的人和事。于是，便也最容易失去弥足珍贵的。

　　我常责备自己：为什么现在才想起来写写她老人家呢？前些日子，她那样突然地离开人世，竟没有留下一句话！人的一生中可以有爱、恨、金钱、地位与声名，但和死亡比起来，一切都微不足道。一生中的内疚、悔恨和种种闪失，都可以重新弥补，唯独死亡不能重来。现在再来写写相较生命来说苍白无力的文字，又有什么用呢?

但我仍然想写。因为她老人家总浮现在我的眼前,在好几个月白风清的夜晚托梦给我。面对冥冥世界中她老人家的在天之灵,我愈发觉得我以往写的所有普通人的报告文学,渊源都是她老人家。没有她,便没有我的一切。对比她,我所写的那些东西,都可以毫不足惜地付之一炬。

她就是我的母亲。

一

她不是我的亲生母亲。

1952 年我的生母也是突然去世,死时才 37 岁。爸爸办完丧事,让姐姐照料我和弟弟,自己回了一趟老家。那时我不到 5 岁,弟弟才 1 岁多一点儿。我们俩向姐姐哭着闹着要妈妈!

爸爸回来的时候,给我们带回来了她。爸爸指着她,对我和弟弟说:"快,叫妈妈!"弟弟吓得躲在姐姐身后,我噘着小嘴,任凭爸爸怎么说,就是不吭声。

"不叫就不叫吧!"她说着,伸出手要摸摸我的头,我拧着脖子闪开,就是不让她摸。

我偷偷打量着她:缠着小脚,没有我妈漂亮、个儿高,而且年龄显得也大。现在算一算,那一年她已经 49 岁了。她有两个闺女,老大已经出嫁,小的带在身边,一起住进了我们拥挤的家。

后妈，这就是我们的后妈？

弟弟小，还不懂事，我却已经懂事了，首先想起了那无数人唱过的凄凉小调："小白菜呀，地里黄呀，两三岁呀，没了娘呀……"我弄不清鼓胀着一种什么心绪，总是用一种异样的、忐忑不安的眼神，偷偷看她和她的那个女儿。

不久，还不满17岁的姐姐去内蒙古修京包线了。临走前，她带我和弟弟在劝业场的照相馆照了张相片。我们还穿着孝，穿着姐姐为我们新买的白力士鞋。姐姐走了，我和弟弟都哭了。我们把失去母亲后对母亲越发依恋的那份感情都涌向姐姐。为了减轻家中添丁进口的负担，唯一的亲姐姐走了。她来了。我们又有妈妈了。

姐姐走后，她要搂着我和弟弟睡觉。我们谁也不干，仿佛她的手上、胳膊上长着刺。爸爸说我太不懂事，她不说什么。在我的印象中，她来我家后一直很少讲话，像个扎嘴的葫芦。进进出出大院，对街坊总是和和气气，从不对街坊们投来的芒刺般好奇或挑剔的目光表示任何不快。"唉！后娘呀。"隐隐听到街坊们传来的感叹，我心里系着沉沉的石头。我真恨爸爸，为什么非要给我和弟弟找一个后娘来！对门街坊毕大妈在胡同口摆着一个小摊，卖些泥人呀、糖豆呀、酸枣面之类的货物。一次路过小摊，她和毕大妈打个招呼，便问我："你想买什么？"

我瞟瞟小摊，又瞟瞟她，还没说话，跟在她身边的亲生女儿伸出手指着小摊先说了："妈！我要买这个！"

她打下女儿的手，冲我说："复兴，你要买什么？"我指着摊上的铁蚕豆，她便从毕大妈手中接过一小包铁蚕豆；我又指着摊上的酸枣面，她便又从毕大妈手中接过一小包酸枣面；我再指着小泥人、风车、羊羹，越指越多。我是存心的。那时，我小小的心竟像筛子眼儿一样多，故意刁难她，想试探一下新当后娘的心。

她为难地冲毕大妈摇摇头："我没带这么多钱！"

我却嚷着，非要买不成。这么一闹，招来好多人看着我们。她非常尴尬。我却莫名其妙地得意，似乎小试锋芒，我以胜利而告终。

过了些日子，她的大女儿从天津来了。大姐长得很像她，待我和弟弟很好。我们一起玩时有说有笑也很热闹，大姐挺高兴。临走前整理东西，她往大姐包袱卷里放进几支彩线，被我一眼看见了。这是我娘的线！我娘活着的时候绣花用的，凭什么拿走？第二天大姐要走时找这几支彩线，怎么也找不着了。"怪了！我昨儿个傍晌明明把线塞进去了呀！咋没了呢？"她翻遍包袱，一阵阵皱眉头。她不知道，彩线被我故意藏起来了。

送完大姐回天津，爸爸从床铺褥子下面发现了彩线，一猜就是我干的好事，生气地说我："你真不懂事，藏线干什么？"

我不知怎么搞的，委屈地哭起来："那是我娘的嘛！就不给！就不给！"

她哄着我，劝着爸爸："别数落孩子了！兴是我糊涂了，忘了把线放在这儿了。"我得理似的哭得更凶了。

咳！小时候，我是多么不懂事啊！

二

几年过去了，我家里屋的墙上，依然挂着我亲娘的照片。那是我娘死后，姐姐特意放大的两张 12 寸的照片，一张她带到内蒙古，一张挂在这里。我和弟弟先后上学了，同学们常来家里玩。爸爸的同事和院里的街坊有时也会光顾，进屋首先都会望见这张照片。因为照片确实很大，在并不大的墙上很显眼。同学们小，常好奇地问："这是谁呀？"大人从来不问，眼睛却总要瞅瞅我们，再瞅瞅她。我很讨厌那目光，那目光里的含义让人闹不清。

随着年龄一天天增长，我的心里盛满过多复杂的情感。我对自己的亲姐姐越发依恋，也常常望着墙上亲娘的照片发呆，想念着母亲，幻想着母亲又活过来同我们重新在一起的情景。有时对她会莫名其妙地发脾气。她从不在意，更不曾打过我和弟弟一个手指头，任我们向她耍性子，拉扯她的衣角，街坊四邻都看在眼里。

许多次，爸爸和她商量："要么，把相片摘下来吧？"她眯缝着眼睛瞧瞧那比真人头还大的照片，摇摇头。

于是，我娘的照片便一直挂在墙上，慈祥地瞧着我们，也瞧着她。

头一次，我对她产生了一种说不出的好感。但叫她"妈妈"一时还叫不出口。

那时候，没有现在变形金刚之类花样翻新的玩具，陪伴我和弟弟度过整个童年的只有大院里的两棵枣树，我们可以在秋天枣红的时候爬上树摘枣，也可以顺便跳上房顶玩耍。再有便是弹玻璃球、拍洋片了。我不大爱拍洋片，拍得手怪疼的；爱玩弹球，将球弹进挖好的一个个小坑里，有点儿像现在的高尔夫球、门球的味道。玩得高兴了，便什么都不顾了，仿佛世界都融进小小透明的玻璃球里了。一次，我竟忘乎所以地将球搁进嘴里，看到旁边的小孩子没我弹得准时兴奋地叫起来，"咕噜"一下把球吞进肚子里。孩子们惊呆了，一个孩子恐惧地说："球吃进肚皮里要死人的！"我一听吓坏了，哇哇哭起来。哭声把她拽出屋，一见我惊慌失措的样子，她忙问："怎么啦？"我说："我把球吃进肚子里了！"说着我又哭了起来。她很镇静，没再讲话，只是快步走到我身边，蹲下身子一把解开我的裤带，然后用一种我从未听过的、带有命令的口吻说："快屙屎，把球屙出来就没事了！"我吓得已经没魂了，提着裤子刚要往厕所跑，被她一把拽住："别上茅房，赶紧就在这儿屙！"我头一次乖乖地听了她的话，顺从地脱下裤子，蹲下来屙屎。小孩们看见了，不住地笑。她一扬手，像赶小鸡一样把他们赶走："都家去，有啥好笑的！"

　　这一刻，她不慌不乱，很有主意。我一下子有了主心骨，便憋足劲儿屙屎。谁知，偏偏没屎。憋得满脸通红，就是屙不出来。她也蹲着，一边看看我的屁股，一边看看我："别急！"说着，用手帮我揉着肚子："球也不能那么快就到了屁股这儿，刚进肚儿，它得慢慢走。我帮你擀擀肚子！"我不知道她为什么一直把揉肚子叫擀肚子，但她擀得确实舒服，以后我一肚子疼就愿意叫她擀。她不光擀肚子这块，还非得叫我翻过身擀后背。她说就像烙饼得翻个儿一样，只有两面擀才管用。这时候，我第一次感受到她那骨节粗大的手的温暖和力量。不知擀了多半天，屎终于屙出来了。多臭的屎啊！她就那样一直蹲在我的旁边，不错眼珠地望着那屎，直到看见屎里果真出现了那颗冒着热气的、圆鼓鼓的小球，她高兴地站起来，走回家拿了张纸递给我："没事了，擦擦屁股吧！"然后，她用土簸箕撮来炉灰撒在屎上，再一起撮走倒了。

孩子都不是省油的灯，大人的心操不完。我们大院对面是一家叫泰丰粮栈的大院，非常气派，门前有块平坦宽敞的水泥空场。那是孩子的乐园，我们没事便到那儿踢球、抖空竹，或者漫无目的地疯跑。一天上午，它那儿摆着个大车轱辘，两个胶皮轮子中间连着一根大铁轴。我们在公园玩过踏水车的玩具，便也一样双脚踩在铁轴上，双手扶着墙，踩着轱辘不住地转，玩得好开心。小孩能有多大劲儿，那大轱辘怎么会听我们摆布呢？它转着转着就不听话了，开始往后滚。这一滚动，其他几个孩子都跳下去了，唯独我一脚踩空，一个倒栽葱摔到地上，后脑勺着着实实砸在水泥地上，立刻晕了过去。

等我醒来时已经躺在医院里，身旁是她和同院的张大叔。张大叔告诉我："多亏了你妈呀！是她背着你往医院跑呀！我怕她背不动你，跟着来搭把手，她不让，就这么一直背着你。怕你得后遗症，求完大夫求护士的。你妈可真是个好人啊……"

她站在一边不说话，看我醒过来，俯下身来摸摸我的后脑勺，又摸摸我的脸。不知怎么搞的，我的眼泪怎么也控制不住地流了下来。

"还疼？"她立刻紧张地问我。我摇摇头，眼泪却止不住了。

"你刚才的样子真吓死人了！"张大叔说。

回家的时候，天早已经黑了。从医院到家的路很长，还要穿过一条漆黑的小胡同，我一直伏在她的背上。我知道刚才她就是这样背着我，踩着小脚，跑了这么长的路往医院赶的。

之后的许多天，她不管看见爸爸还是看见街坊，总是一个劲儿埋怨自己："都赖我，没看好孩子！千万可别落下病根儿呀……"好像一切过错不在那大车轱辘，不在那硬邦邦的水泥地，不在我那样调皮，而全在于她。一直到我活蹦乱跳一点事没有了，她才舒了一口气。

这就是我的童年、我的少年。除了上学，我们没有什么可玩的。爸爸忙，每天骑着那辆像侯宝林在相声里说的除了铃不响哪儿都响的破自行车，从我家住的前门赶到西四牌楼上班，几乎每天两头不见太阳。她也忙，缝缝补补，做饭洗衣，在我的印象中，她一直像鸵鸟一样埋头在我家那个大瓦盆里洗衣服，似乎有永远洗不完的破衣烂衫。谁也顾不上我们，我们只有自己想办法玩，打发那些寂寞的光阴。

一次，我和弟弟捉到几只萤火虫，装进玻璃瓶里，晚上当灯玩。玩得正痛快呢，院里几个比我大的男孩子拦住我们，非要那萤火虫灯。他们仗着自己人高马大，常常蛮不讲理欺侮我和弟弟这没娘的孩子。说实在的，那时我们怕他们，受了欺侮又不敢回家说，只好忍气吞声。这一次他们非要我们的萤火虫灯，我们真舍不得。他们毫不客气地一把夺走，弟弟上前抢，被他们一拳打在脸上，鼻子顿时流出血来。我和弟弟一见血都吓坏了。回家路过大院的自来水龙头，我接了点凉水，替弟弟把脸上的血擦净，悄悄嘱咐："回家别说这事！"

弟弟点点头，回家就忘了。我知道他委屈。平时爸爸是个息事宁人的老实人，这回也急了，拉着弟弟要找人家告状。她拦住了爸爸说："算了！"

我挺奇怪，为什么算了？白白挨人家欺侮？她不说话，弟弟哭，我噘着嘴。

晚上睡觉时，我听见她对爸爸说："街坊四邻都看着呢。我带好孩子，街坊们说不出话来，就没人敢欺侮咱孩子！"

当时，我能理解一个当后娘的心理吗？她就是这样一个人，一直到去世也没和任何人红过一次脸。她总是用她那善良而忠厚的心去证明一切，去赢得大家的心。后来，院里大孩子再欺侮我们，用不着她发话，那些好心的街坊大婶大娘便会毫不留情地替我们出气，把那些孩子的屁股揍得"啪啪"山响。

这件事发生后，街坊们更是感叹地说："就是亲娘又怎么样呢？"那是她的小闺女长到18岁的时候。她一直怕人家说自己是后娘待孩子不好，凡事都尽着我和弟弟。哪怕家里有点好吃的，也要留给我们而不给自己的闺女。我们的小姐姐老实、听话，就像她一样。

小姐姐上学晚，18岁这一年初中刚毕业。

她叫小姐姐别再上学了，让她到内蒙古找我姐姐去。我姐姐给她介绍了个对象，闪电式结了婚。一纸现在越发金贵的北京户口，就这样让她毫不犹豫地抛到内蒙古京包线上一个风沙弥漫的小站。那一年，我近10岁了，我知道她这样做为的是免去家庭的负担，为的是我和弟弟。

"早点儿寻个人家好！"她这样对女儿说，也这样对街坊们解释。小姐姐临走时，她把闺女唯一一件像点样的棉大衣留下来："留给弟弟吧，你自己可以挣钱了，再买！"那是一件粗线呢的大衣，有个翻毛大领子，很暖和。它一直伴随着我们，从我身上又穿到弟弟身上，一直到我们都长大了，再也用不着穿它了，她还是不舍得丢，用它盖冬天院子里储存的大白菜。她送自己的闺女去内蒙古时没讲什么话，只是挥挥手，然后一只手牵着弟弟，一只手领着我。当时，我懂得街坊们讲的话吗？"就是亲娘又怎么样呢？"我理解作为一个母亲所做的牺牲吗？那是她身边唯一的财富啊！她送走了自己亲生的女儿，为的是两个并非亲生的儿子啊！

记得有一次，爸爸领我们全家到鲜鱼口的大众剧场看评戏。那戏名叫《芦花记》，是出讲后娘的戏。我不大明白爸爸为什么选择带我们来看这出戏。我一边看戏，一边偷瞄坐在身旁的她。她并不那么喜欢看戏，也看不大懂，总得需要爸爸不时地讲述一遍情节才行。我不清楚她看了这出演后娘的戏会有什么感触，我自己心里却倒海翻江，一下子滋味浓得搅不开。那后娘给孩子穿用芦花假充棉花却不能遮寒的棉衣，使我对后娘充满恐惧和厌恶。但坐在我身边的她，是这样的人吗？不是！她不是！她是一位好人！她是宁肯自己穿芦花做的棉衣，也绝不会让我和弟弟穿的。我给自己的回答是那样肯定。

我不爱听评戏。从那出《芦花记》后，我再也没看过第二场评戏。

妈妈！我忘记了是从哪一天开始叫她妈妈了，但肯定是在看了这出评戏之后。

三

童年和少年，是永远回忆不完的，像是永远挖不平的大山。那时，我们因节节拔高而常常看不起目不识丁的母亲；常常会在不知不觉中忘记了她的存在。当一切过去了，才能看清楚过去的一切，如同潮水退后的石粒一般，格外清晰地显露出来。

小学高年级，我的自尊心，其实是虚荣心突然胀胀的，像爱面子的小姑娘。妈妈没文化，针线活儿做的也不拿手，针脚粗粗拉拉的。从她来以后，我和弟弟的衣服、鞋都是她来做，衣服做得像农村孩子穿的。这时候，我开始嫌那对襟小褂土；嫌那前面没有开口的抿裆裤太寒碜；嫌那踢死牛的棉鞋没有五眼可以系带……我开始磨爸爸妈妈给我买商店里卖的衣服穿。这居然没有伤了她的心，她反倒高兴地说："孩子长大了，长大了！"然后，她带我们到前门外的大栅栏去买衣服。上了中学以后，她总是把钱给我，由我自己去挑着买。而她只是在衣服的扣子掉了的时候帮我补上，衣服脏的时候埋头在那大瓦盆里不停地洗。

我甚至开始害怕学校开家长会，怕妈妈踩着小脚去，怕别人笑话我。我千方百计地不要她去，让爸爸参加。如果实在没有办法，她必须去，我会在开会前羞得很，会后又会臊不答答的，仿佛很丢人。前后几天，心都紧张得很，皱巴巴的，怎么也熨不平。其实她去学校开家长会的机会很少，但我仍然害怕，我实在不愿意她出现在我们学校里。那时我真够浑的。

一年暑假，我磨着要到内蒙古看姐姐。爸爸被我折磨得没办法，只好答应了。听说学校开张证明，便可以买到半价的学生火车票。爸爸去了趟学校，碰壁而归。校长说学生只有去探望父母才可以买半价学生票，看姐姐不行。我知道那位脸像刷着糨糊一样绷得紧紧的校长，他说出的话从来都是钉天的星。我们谁见了他都像耗子见了猫一样，躲得远远的。

妈妈说，我去试试！

我不抱什么希望。果然她也是碰壁而归。不过她不就此罢休，接着再去，接着碰壁。我记不清她究竟几进几出学校了。总之，一天晚上，她去学校很晚没回家，爸爸着急了，让我去找。我跑到学校，所有办公室都黑洞洞的，只有校长室里亮着灯。我走近校长室，没敢进去。平日，我从没敢进过一次校长室。只有那些违反校规、犯了错误的同学才会被叫进去挨训。我趴在门口听听里面有什么动静。没有，什么动静也没有。莫非没人？妈妈不在这里？再听听，还是没有一点儿声响。我趴在窗户缝瞅了瞅，校长在，妈妈也在。两人演的是什么哑剧？

我不敢进去，也不敢走，坐在门口的石阶上等。不知过了多半天，校长的声音吓了我一跳："大妈！我算服了您了！给您，证明！我可是还没吃饭呢！"接着就听见椅子响和脚步声，吓得我赶紧兔子一样跑走，一直跑出学校大门。我站在离校门口不远的一盏路灯下，等妈妈出来。我老远就看见她手里攥着一张纸，不用说，那就是证明。

她走过来，我叫了一声："妈！"愣愣的，吓了她一跳，一见是我，把证明递给我："明儿赶紧买火车票去吧！"

回家的路上，我问她："您用什么法子开的证明呀？"我觉得她能把那么厉害的校长磨得好说话了，一定有高招。

她微微一笑："哪儿有啥法子！我磨姜捣蒜就是一句话：'复兴就这么一个亲姐姐，除了姐姐还探啥亲？不给开探亲证明哪个理？校长不给开，我就不走。'他学问大，拿我一个老婆子有啥法子！"

"妈！您还真行！"

说这话，我的脸好红。我不是最怕妈妈去学校吗？好像她会给我丢多大脸一样。可是，今天要不是她去学校，证明能开回来吗？

虚荣心伴着我长大。当浅薄的虚荣一天天减少，我才像虫子蜕皮一样渐渐长大成人。而那时候，我懂得多少呢？在我心的天平上，一头是妈妈，一头却是姐姐。尽管妈妈为我付出了那样多，我依然有时忘记了妈妈的情意，而把天平倾斜在姐姐一边。莫非是血脉中种种遗传因子在作怪？还是心中藏有太多的自私？

大约六年级那一年，我做了一件错事。姐姐逢年过节都要往家里寄点钱。那一次，姐姐寄来30元。爸爸把钱放进一个牛皮小箱里。那个箱子是我家最宝贵的东西，所有的金银细软都装在里面。那时所谓的金银细软，无非是爸爸每月领来的70元工资，全家的粮票、油票、布票之类。我一直顽固地认为：姐姐寄来的钱就是给我和弟弟的。如果没有我和弟弟，她是不会寄钱来的。爸爸上班后，我趁妈妈不在家的时候，走近那个棕色的小牛皮箱。箱子上只有一个铜吊镣，没有锁头，轻轻一掀，箱盖就打开了。我记得挺清楚，五元一张的票子有六张躺在箱里，我抽走一张跑出了屋。那时，我迷上了文学，尤其是古典诗词。我从同学手里借了一本《千家诗》，全都抄了下来，觉得不过瘾，想再看看新的才解气。手中拿着五元钱一张"咔咔"直响的票子，我径直跑到大栅栏的新华书店。那时五元钱真禁花，我买了一本《宋词选》、一本《杜甫诗选》、一本《李白诗选》，还剩一块多零钱。捧着这三本书，我像个得胜回朝的将军，得意扬扬地回到家，一看家里没人，把书放下便跑到出租小人书的书铺，用剩下的钱美美地借了一摞书。我忘记了，那时五元钱对于一个每月只有70元收入的全家意味着什么。那并不是一个小数字。

我正读得津津有味，爸爸突然走进书铺。我这才意识到天已经暗了下来。爸爸一脸怒气，叫我立刻跟他回家。一路上，他走在前面，我跟在后面，活像犯了错的小狗，耷拉着耳朵垂着尾巴。我知道大事不好。果然，刚进家门，爸爸便忍不住，把我一把按在床上，抄起鞋底子狠狠地打在我的屁股上。爸爸什么话也不讲。我不哭，也没有叫。我和爸爸都心照不宣，我心里却在喊："姐姐！姐姐！你寄来的钱是给谁的？是给我的！我的！"

我生平头一次挨打，也是唯一一次。

妈妈就站在旁边。她一句话也没说，就那么看着，不上来劝一劝，一直看着爸爸打完了我为止。

吃饭时，谁也不讲话，默默地吃，只听见嚼饭的声音，显得很响。妈妈先吃完饭，给爸爸准备明天上班带的饭，其实我天天看得见，但仿佛这一天才看清楚：只有两个窝头，一点炒土豆片而已。爸爸每天就吃这个。大冬天，无论刮多大风、下多大雪，爸爸也要骑车去，不舍得花五分钱坐车，我却像大爷一样五元钱大把大把地花。我忽然感到很对不起爸爸，觉得是我错了，我活该挨打。妈妈不劝也是对的，为了我长个记性。

饭后，爸爸叮嘱妈妈："明儿买把锁，把小箱子锁上！"

第二天，那个棕色小皮箱没有上锁。

第三天，妈妈仍然没有锁上它。

在以后的岁月里，那箱子始终没有上锁。为此，我永远感谢妈妈。那是一位母亲对一个犯错误孩子的信任。对于儿子，只有母亲才会把自己的一切向儿子敞开着。

四

我上初中的时候，正赶上三年自然灾害。那时，弟弟上小学三年级。我们正在长身体、要饭量的根节儿。一下子家里的粮食变得出奇的紧张，我们的肚子出奇的大，像是无底洞，塞进多少东西也没有饱的感觉。

星期天，爸爸对我们说："今天带你们去个好地方！"

爸爸妈妈领着我们兄弟俩来到天坛城根底下。妈妈一下神采焕发，蹲下来挖了两棵野菜。原来是挖野菜来了！爸爸口中念念有词："野菜更有营养！"我和弟弟谁也不信，都觉得那玩意儿很苦。挖野菜，妈妈是行家。她在农村待过好多年，逃过荒、要过饭、闹饥荒的岁月就是靠吃野菜过来的。她很得意地告诉我和弟弟这叫什么菜、那叫什么菜，那样子很像老师指着黑板告诉我们什么是正确答案。后来，我写小说时要写一段有关野菜的具体名字时，她依然眼睛一亮，得意地告诉我什么是茴菜、马齿苋、曲公菜、苦苦菜、老瓜筋、洋狗子菜、牛舌头稞……

就是这些名目繁多味道却一样苦涩的野菜，在妈妈和爸爸的肚里充饥。那时，从天坛城根挖来的野菜，被妈妈做成菜团子（用玉米面包着野菜做馅和食品），大多咽进她和爸爸的胃里，而馒头和米饭都留给我和弟弟吃。野菜到底是野菜，就在灾荒眼瞅着快要过去的时候，爸爸妈妈病倒了。

先是爸爸患上了高血压，由于饥饿，他全身浮肿，脚面像被水泡过、发酵一般，连鞋都穿不进去。他上不了班，只好提前退休，每月拿 60% 的工资，全家只有靠爸爸的 42 元钱过日子了。紧接着，妈妈也病了，那么硬朗的身子骨也倒下了。

我永远不会忘记那一夜。

那时，我正要初三毕业，弟弟小学毕业，正值毕业考试之际。一天半夜里，我被里屋妈妈一阵咳嗽吵醒，睁眼看见里屋的灯亮着。爸爸和妈妈正悄悄说着话。我听出来是妈妈吐血了。我再也睡不着，用被子捂着脸偷偷地哭了，又不敢哭出声，怕惊动弟弟和他们。我知道，这一切都是因为我们。我们这些孩子有什么用！我们就像趴在他们身上的蚂蟥，在不停吸吮着他们的血呀！我们快长大了，他们的血也快被吸干了。

第二天上午，我对他们讲："爸！妈！我不想上高中了，想报中专！"上中专吃饭不用花钱，每月还能有点助学金。

爸爸一听挺吃惊："为什么？你一定得上高中，家里砸锅卖铁也要供你！"爸爸知道我初中几年都是优良奖章获得者，一直盼着我上高中、上大学。

妈妈坐在一旁不说话，只是不断地咳。她每咳一声，都像鞭子抽打在我的心上。那一刻，我真想扑在她的怀里大哭一场。

爸爸又说："你听见了吗？一定要上高中！"他见我不答话，生气地一再逼我答应。

我急了，流着泪嚷了句："妈都吐血了，我不上！"

这话让他们都一惊。妈妈把我叫到她身边，说："你听谁瞎咧咧？我没——"

"您甭骗我了！昨夜里你们的话，我都听见了！"

她本来就不会讲瞎话，让我这么一说更不会遮掩了："妈妈没事！我以前身子骨好，你放心！上学可是一辈子的事。妈妈一辈子没文化，你可要……"她说着有生以来最多的一次话。她说得不连贯，讲不出什么道理，但我都明白。

"你快别惹你爸生气，你爸有高血压。听见不？就点点头说你上高中！"

她说着，望着我。我望着她蜡黄的脸上皱纹一道道的，心里不禁一阵阵抽搐。

"你快答应吧！"她急得掉出眼泪。我不忍心她这样悲伤地近乎哀求地对我说话，只好点了点头。

当天，爸爸把这事写信告诉了姐姐。就是从那个月起，姐姐每月寄来 30 元钱，一直寄到我到北大荒插队。我知道我只能上高中，只能好好学习，比别人下更大的苦功夫学！

爸爸一辈子只有两件值钱的东西：一件是那辆破自行车，另一件是一块比他年纪还要老的老怀表。他卖掉了这两样东西，给妈妈抓来中药。我卖掉了集起来的一本邮集，又卖掉几本书，换来一些钱，交到妈妈的手中。我想让妈妈的病快点好起来，心想妈妈会为我这孝顺高兴的。谁知她听说我卖了书，什么话也没说，眼泪落了下来。弄得我不知怎么回事，一个劲儿问："妈，您怎么啦？"

"你真不懂事啊！真不懂事！我为了什么？你说！你怎么能卖书呢？"我讲不出一句话。妈妈，你病成这样子，想的还是要我读书！

"你答应我以后再也不干这傻事了！"

我只好点点头。

我升入高中，在高一这一年下乡劳动中，我上吐下泻病倒了。同学赶着小驴车连夜把我送到长途汽车站。我回到家后几天高烧不退，昏迷不醒，这可吓坏了爸爸妈妈。一位邻居对妈妈说："孩子是魂儿丢了。你得快替孩子招招魂！"妈妈赶紧脱下鞋，用鞋底子拍着门槛，嘴里大声反复地叫着："复兴，我的儿呀，你快回来吧！复兴，我的儿呀，你快回来吧！"然后不住叫我的名字："你答应啊！复兴，你答应啊！"

躺在床头迷迷糊糊听见她在叫我，我不应声。我当时刚刚加入共青团，又是堂堂的学生会主席，自以为很革命，怎么能相信招魂这迷信的一套呢？我不应声，妈妈便用鞋底子更加使劲地拍门槛，越发大声地叫："复兴，你答应啊！"那声音越发充满了紧张和急迫，直到后来嗓子哑了、带着哭音。她是那样虔诚地相信我的魂还未被她招回。我的性子可真拧，或者说我的革命性可真坚定，妈妈就这样叫了我半宿，我硬是不应声。

弟弟在一旁急了，撺掇我："你快答应一声吧！"没办法，我只好有气无力地应了一声："呃！"妈妈长舒一口气，穿上鞋站起来走到我身边，说："总算把魂招回来了！没事了，你病快好了。"病好之后，我说她："妈！大半夜的叫魂，多让人难为情。您可真迷信！"
她一笑："什么迷信不迷信！你病好了，我就信！"

这就是我的母亲！在所有人面前，我从来不讲她是后娘，也绝
不允许别人讲。

我忽然想起这样一件事。那时，我在学校食堂吃午饭，负责打
饭、分饭。我们班有个眼皮有块疤瘌的同学，有一次非说我分给他
的饭少了，横横地对我说："怎么给我这么点儿？你后娘待你也这样
吧？"我气得浑身发抖，扔下盛馒头的簸箩，和他扭打了起来。我自
小力气弱，从来没和别人打过架。疤瘌眼是个嘎杂子琉璃球的个别
生，很会打架。我知道我打不过他，可还是要打。结果吃亏的当然
是我，我被他打得鼻青脸肿。但他也没占什么便宜，开始时他毫无
准备，我朝他的小肚子上结结实实打了好几拳。

回到家，见我狼狈的样子，妈妈吓坏了，忙问："小祖宗，你
这是怎么啦？"

"没什么！"我没告诉妈妈。但我觉得我值得，我为妈妈做了点
什么，虽然也付出了点什么。

五

我是爸爸用一条命从北大荒换回来的。

"文化大革命"中，我和弟弟分别到了北大荒和青海。那时我
们热血沸腾，挥斥方遒，一心只顾指点江山，而把两个老人那样毅

然决然、毫无情义地抛在家里，像抛在孤寂沙滩的断楫残桨。我们只顾自己年轻，却忘记了老人的年龄。1973年秋天，我刚刚从北京探完亲返回北大荒不几日，弟弟还在途中，电报便从家中拍出：父亲脑溢血突然病故在同仁医院。我们匆匆往家中赶，三个姐姐先赶到家。我进门第一眼便看见妈妈臂上戴着黑箍，异常刺目。死亡，是那样突然、那样无情，又是那样真实。我的心一下子紧缩起来。

妈妈很冷静。听到爸爸去世的消息，她孤零零一个人赶到同仁医院。我们都是她的儿女啊，却没有一个人在她的身边。在她最需要我们的时候，我们却远在天涯，只顾各奔自己的前程。

好心的街坊问她："肖大妈，有没有孩子们的地址？找出来，我们帮您打电报！"她从床铺褥子底下找出放好的一封封信。那是我们几个孩子这几年给家中寄来的所有的信。她看不懂一个字，却完完整整保存完好；虽目不识丁，却能从笔迹中准确无误地辨认出哪封是我、是弟弟、是姐姐们寄来的。街坊们告诉我："你妈这老太太真是刚强的人，一滴眼泪都没掉，等着你们回来！"街坊就是按这些信封上的地址给我们几个孩子分别拍来电报。

清冷的家，便只剩下妈妈一个人。我这时才发现，她已经老了，头发花白，皱纹像菊花瓣布满瘦削的脸上。我算算她的年龄，这一年，她整整70岁了。年轻和壮年的时光一去不返，我们却以为她还不老，还可以奔波。我的心中可曾装有老人的位置？我感到很内疚。父亲丧事料理妥当，姐姐、弟弟分别回去了，我留下没走。我下决心一定要办回北京，绝不让妈妈一个人茕茕孑立，守着孤灯冷壁、残月寒星生活!

我回到北京,开始了待业的生涯。姐姐又开始每月寄来30元。弟弟也往家寄来钱。我和妈妈真正相依为命的日子是从这时候开始的。以往,我并没有觉得我们的心贴得如此近,彼此是如此相互依靠、不可分离的。

当我像家中的男子汉一样,要支撑这个家过日子了,才发现家里过冬的煤炉是一个小小圆孔小肚的炉子,早已经落后了十年甚至二十年。它无法封火,又无烟道,极易煤气中毒。院里没有一家再用这种老式简易炉子了,妈妈却还在用!而我几次探亲,居然视而不见!我真是个不孝子!我骂自己。我想起刚刚到北大荒时,正赶上大雨收割小麦,双腿陷入深深的沼泽中,便写信让家里给我买双高筒雨靴寄来。买新的,没那么多钱,买旧的,得到天桥旧货市场,妈妈走不了那么远的路。那时候我怎么就没有想到呢?是妈妈托街坊毕大妈的儿子到天桥旧货市场帮我买的。我连想也没想,接到雨靴便穿在脚上去战天斗地了。这年冬天,又写信向家里要围脖,好抵御北大荒朔风如刀的"大烟泡"。这一回,毕大妈的儿子到吉林插队了,妈妈没有了"拐棍",只好自己到王府井,爬上百货大楼,替我买了一条蓝围巾。我怎么就没有想到呢?她是踩着小脚走去的呀!这已经是她力不胜任的事情了。我接到围巾时,发现那是条女式围巾,连围都没围便送给了别人。我怎么就没想到那是妈妈眯缝着昏花的老眼挑了又挑,觉得这条围巾又长又厚,才特意买下的,为的是怕我冷呀!当时,我什么都没想,随手将围巾送给了别人,只顾嚼着那围巾里包裹的一块块奶糖……

我实在不知道人生的滋味，不知道妈妈的心。妈妈细致的爱如同润物无声的春雨，却只打在我那粗糙、硬邦邦如同水泥板的心上，没有渗进，只是悄无声息地流走了……

我望着那已经铁锈斑斑、残破不全的煤炉，一股酸楚和歉疚拱上嗓子眼。我对妈妈说："妈，咱买个炉子去吧！"

"买什么呀！这还能用！"

"不！买个吧！这炉子容易中煤气！"

大概是后一句话打动了妈妈，同意去买个炉子。实际上，她是怕我中煤气。莫非我的命就比她金贵吗？

我不知道那年头买炉子还要票，我也不知道妈妈找到街道办事处是怎样磨到了一张票。她和我从前门转到花市，就像如今买冰箱彩电一样，挑了这家又挑那家。那时，炉子确实是家中一个大物件。最后我们终于买到一个煤球、蜂窝煤两用炉。我和妈妈一人一只手抬着这个炉子，从花市抬到家里，足足得走两里多的路呢。妈妈竟然那么有劲儿，想想她老人家都是 70 岁的人了呀。我家中第一次冬天生起这样正规的炉子，那是我家第一件现代化的东西。红红的炉火苗冒起来，映着妈妈已经苍老的脸庞，她那样高兴，身旁有了我，她像是有了底气。我回家为妈妈做的第一件事，便是买这个炉子。且以新火试新茶，我和妈妈新的生活就是从这炉子开始的。

我的待业生涯并不长，大约半年过后，我在郊区一所中学教书，每月可以拿到薪水 42.5 元。我将这第一个月工资交给妈妈，她把钱放进那棕色牛皮箱里，就像当年爸爸每月将工资交给她由她放好一样。节省是一门学问，是一项只有在人生苦难中才会磨炼出来的本领。妈妈就有这种本领和学问。每月只有42.5元，两个人过日子并不富裕，但她料理得有理有条。中午她自己从不起火做饭，只是用开水泡泡干馒头和米饭，就几根咸菜吃；每天只买两角钱的肉，都是留到晚上我下班回家吃。而我当时却偏偏还在迷恋文学，还要从这紧巴巴的日子里挤出钱来买书、买稿纸。每次妈妈从那小皮箱里拿钱，她从不说什么。每次我问："还有钱吗？"她总是说："有！有！拿去买你的书吧！"仿佛那箱子是她的百宝箱，有取之不尽的钱。

我清楚：我的书一天天增多，家里的日子一天天紧巴巴，妈妈脸上的皱纹一天天加深。

一天傍晚下班回家，还没进家门，听见一阵婴儿的啼哭声从屋里传出。谁的小孩？我们家任何亲戚都不曾有这样小的孩子呀！家里出了什么事？我心里很不安，走进家门，看见妈妈正给躺在床上的一个婴儿换褥子。

"妈！这是谁家的孩子？"

"我给人家看的。"

妈妈抱起正在啼哭的孩子，一边拍着、哄着，一边对我说。

"谁叫您给人家看孩子？"

"每月30元钱，好不容易托人才找到这活的！"妈妈说着，显得挺激动。那时每月增加30元，对我家来说差不多等于生活水平翻一番呢。她抱着孩子，像抱着一面旗，很有些自豪。"这孩子挺听话，不闹人！孩子他妈还挺愿意我给看……"

"不行！您把孩子送回去！"我粗暴地打断妈妈兴头上的话。生平头一次，我冲妈妈发这么大火："现在就送回去！"

妈妈也急了，泥人还有个土性呢，冲我也叫道："你还要吃人呀？"

"不行，您现在就把孩子送回去！"我不听妈妈那一套，铁嘴钢牙咬紧这一句话。我只觉得让年纪这么大的妈妈还在为生计操劳，太伤一个男子汉的尊严，让街坊四邻知道该多笑话我没出息、没能耐！

争吵之中，孩子哭得更响了。妈妈和我都在悄悄地擦眼角。最后，妈妈拧不过我，只好抱着孩子送回去了。她回来后，我们谁也不讲话。整整一晚上，小屋静得出奇。我心里很难受，很想对妈妈讲几句什么，却一句也说不出。

第二天清早，妈妈为我准备好早饭，指着我鼻子说了句："你这孩子呀，性子太犟！"昨天的事过去了。妈妈终归是妈妈。

傍晚下班回家，一进门，好家伙，家里简直变了样。床上、地上全是五颜六色的线团和绒布。本来不大的屋子，一下子被这般东西挤得更窄巴了。妈妈被这些彩色的线簇拥着，只露出半边身子，头发上沾满了线头。

这一回，妈妈见我进屋就站起来掸落一身的线毛，先发制人："这回你甭管！我一定得干！拆一斤线毛有 × 角钱（我忘记具体是几角钱了，只记得拆的线毛是为工厂擦机器的棉纱）。这点儿钱不多，每天也能添个菜！再说你爸一死，我也闷得慌，干点儿活也能散散心。你不能不让我干！"

我还能说什么呢？妈妈的性子也够犟的！她从没上过一天班，没拿过一分钱工资。她一无所有，没有财富、没有文化，也没有了青春，正如现在那首歌里唱的："脚下这地在走，身边那水在流，可你却总是笑我一无所有。"她有的只是一颗慈爱的心和一双永远勤劳不知累的大手。即使她老了，还用她那最后一缕绿荫遮挡我，将她最后一抹光辉洒向我。那些个小屋里弥漫着彩色棉纱的夜晚，给我们的家注满了温馨和愉悦。我就是这样坐在妈妈身旁，帮妈妈用废钢锯条拆着那彩色线毛。妈妈常笑我笨，拆得不如她快，不如她利索……

一次参加朋友的婚礼，招待的喜糖里面有金纸包装的蛋形巧克力。说起来脸红，那时我还从未尝过巧克力。小时候，只有在过年时才能吃到硬块水果糖，最好的也只是牛奶糖。嚼着另一种味道的巧克力，我忽然想起还在灯下拆线毛的妈妈，她也从来没吃过这种糖呀！我偷偷拿了两块金纸巧克力，装进衣兜里。婚礼结束后回到家，我掏出那两块巧克力对妈妈说："妈！我给您带来两块巧克力，您尝尝！"谁知衣兜紧靠身体，暖乎乎的身子早把巧克力暖化了。打开金纸只是一团黑乎乎、黏糊糊的东西了。我好扫兴。妈妈用舌头舔了舔，却安慰说："恶苦！我不爱吃这营生……"

我一把揉烂这两块带金纸的巧克力，心里不住地发誓：我一定让妈妈过上一个幸福的晚年。

六

妈妈病了。

谁也不会想到身体一直那么结实、心地那么宽敞的妈妈会突然发病，而且是精神病。

起初，我没有一点思想准备，一直不相信这残酷的现实。有时半夜，她蹑手蹑脚地走到我的床头，伏在我的耳边悄悄地说话，生怕别人听见："你听见了吗？隔壁有人在嘀咕咱娘儿俩，要害咱娘儿俩！"我坐起来仔细听，哪有什么声响！我劝她快睡觉："没有的事！"越说不信她的话，她越着急。一连几夜如此，弄得我心烦得很："妈！您耳朵有毛病了吧？没人嘀咕，咱又没招人家，没人要害咱们，也没人敢害咱们！"她一听就急了，先压低嗓门："我的小祖宗，你小点儿声，不怕人家听见！"然后生气地伸手捂住我的嘴。

"没有的事，您自个净胡思乱想！"我也急，不知该怎么向她解释才好。越解释，她越生气："怎么，我的话你都不信？我这么大年纪了还能胡说八道？你呀，你甭不信，你就等着人家来害你吧！"

我不知该怎么办才好。

一天夜里，正飘着秋天凄苦的细雨。她又走到我床头，把我摇醒，说："快走！有人来害咱娘儿俩！"我把她扶到自己的床上，让她躺下，耐着性子说："妈！外面下雨了，您听差了吧！快睡吧！别想别的！"她不再说什么，我也就放心回屋睡去了。

没过一会儿，我听见房门悄悄打开了。我以为她是看看窗外屋檐下的火炉，怕炉子被雨浇了。可是，过了许久，再听不见门开的声音，我的心陡然紧张起来，忙爬起身来跑到屋外。夜色茫茫，冷雨霏霏，没有一个人影。妈妈到哪儿去了？我的心一下沉落进冰窖里，从来没有那么紧张。我这才意识到事情比我原来想的要坏。我没了主心骨，慌忙拍响街坊张大叔的家门，他的两个孩子一听这事，立刻打着手电筒跑出来，和我兵分三路去寻找。"妈！"我冲着秋雨飘洒的夜空不住地大声呼喊。在北京城住了这么多年，我还从来没有这样可劲儿亮开嗓门喊过。可是除了细雨和微风掠过树叶的飒飒声外，没有妈妈的回声。我的心像秋雨一样凉，眼泪顺着雨水一起从脸上流下来。

就在我已经毫无希望往回家走时，忽然望见半路上有个人影坐在一个地坡上。走近一看，竟是妈妈！她的屁股底下坐着一个包袱卷。这显然是她早准备好的。我拉她回家。她不回。两位街坊赶来，说死说活，好不容易把她拽回了家。

街坊对我说："肖大妈这样子像是得了精神病呀！你得带她去医院看看呀！"

那是我第一次来到安定医院——北京唯一一家精神病院。诊断结果：幻听式精神分裂。

我怎么也接受不了这残酷的现实。妈妈！您从不闹灾闹病，平日常说："你呀，身子骨还不抵我呢！"怎么会闹下这样的病呢？我开始苦苦寻找着答案，夜夜同妈妈一样睡不安稳。父亲去世后，谁能理解妈妈的心呢？她又从来不对任何人诉说自己的苦处，总是默默地忍着，将所有的苦嚼碎了，吞咽进肚里淤积着，直到淤积不了而喷发。老伴、老伴，人老了失去了患难与共的伴该是什么滋味？我才明白老伴这词的含义。而那一阵子，我光顾着忙，有时感到苦闷、孤独，常常跑到朋友家聊天，一聊聊到深夜才回家。有几次为了创作还跑到外地去，一去几个星期，把妈妈一个人甩在家中。她呢？她的苦闷、孤独，向谁诉说？我没有想到应该好好和她聊聊，让她把淤积于心里的苦楚倒出来。没有。她从不爱讲话，我便以为她没什么话要讲。我只顾自己了，像蚕一样只钻在自己织的茧里。我太自私了！我不知道她心里装的究竟是什么，才使她神经再也承受不了重荷，像绷得太紧的琴弦一样断了……

我第一次感到自己并不了解妈妈。即使再老、再没文化、再忠厚老实的老人，也有自己的思想、情感。仅仅让他们吃饱穿暖，并不是对老人最为重要的关心和爱。

每天三次让妈妈吃药，成了我最挠头的难事。她一直不承认自己有病，尤其反感说她是精神病，最反对我那次带她去安定医院。再让她去，说死说活她也不去，弄得我没辙，只好自己去医院挂号，把情况讲给大夫听，求人家把药开出，拿回家。见到药，她的话就是："吃哪家子药，没事乱花钱！"我递给她药，她一把扔到地上："我一辈子也没吃过什么药，身子骨不是好好的？"没办法，我把药碾成末放进糖水里，可她一喝还是能喝出来药味，便把杯子往旁边一放，再不喝一口。我只好再想新招，把药放在粥里，再加大量的糖，一定盖过药的苦味，在吃饭时让她把粥喝进去。她喝了。她还从来没喝过这么甜的粥，指着我鼻子说："你把卖糖的打死了？"

吃完这药，她总是昏昏欲睡，有时口水止不住地流。大夫讲这都是服药后的正常反应。我望着她那样子，揪心一样难受。她老了，确实老了。她像快耗完油的灯盏，摇曳着那样微弱的光，一切都是为了我们啊！在那些难熬的夜晚，我弄不清她究竟在想什么。她总是在昏睡过之后，睁着被密密皱纹紧紧包围的昏花老眼瞅着我，一言不发地瞅着我……

这是她有生以来第二次吃药，第一次是那年吐血后。药力还真起作用，我见她的脸渐渐又红润起来。我以为她的身体又会像那次吐血后迅速恢复过来一样。我忽略了人已经老了十二三岁了呀，而且病也不一样：一个是累的病，一个却是心病呀！

一天下午，我正带着学生下厂劳动，校长突然给我挂来电话，要我立即回家，校长在家等我有要紧的事。我的心一下子提到嗓子眼。校长亲自找我，说明事情的严重性。又是要我立即回家，我马上想到了妈妈！我骑着自行车从郊外赶到家，屋里挤满了人，一时竟看不到妈妈在哪儿。校长迎了出来安慰我："刚才电话里没敢对你说，你妈妈刚才要跳河，你千万不要着急……"下面的话，我什么也听不清了，脑袋立刻炸开。我赶紧拨开人群，见到妈妈钻进被子躺在床上，脱下来放在地上的棉裤已经湿到腰。"妈！"我叫着，她睁开眼看看我，不讲话。街坊们开导她说："肖大妈！您看您儿子不是好好的没事？您甭胡思乱想！"然后对我说："你快给肖大妈找衣服换换吧！"好心的街坊告诉我，我才知道妈妈的病复发了。依然幻听，依然是恐惧，依然是有人要害我，这一次是听见有人已经在半路上把我害了，她一下失去依靠，觉得无路可走，竟想寻短见。她走到河边，正是初冬，河水瘦得清浅，离岸上有长长一段河堤。她穿着笨重的棉裤没有那么大气力走下去，而是坐在堤上一点点蹭下去的。在河边遛弯的人不知她要干什么，待她蹭到河里时，才意识到不好，赶紧跳下去把她救了上来⋯⋯

　　我帮妈妈换上一条新棉裤，看见她的腿那样细，细得像麻秆，骨骼都凸出来，格外明显。这么多年，我是第一次看见她的腿，居然这样瘦削得刺目，心里万箭穿透。妈妈！您为什么要这样！小屋里散发着湿棉裤带有河水的土腥味。那一夜，我总想着妈妈蹭到河水中的那一幕。那一刻，她的脑子里想的是什么？她是否已经万念俱灰？是否听到了另一个世界父亲的召唤？我至今不得而知。我再次责备自己的无能，自己对妈妈的理解和关心太少了，自己太大意了！以为妈妈的病已经好转了，可这并不是一般的头疼脑热呀！谁能够妙手回春，替妈妈把病治好？我愿意为此献出自己的一切。

　　我再次把妈妈送到安定医院。

　　这次病好转后，我们娘俩谁也不再提这件事。那是一块伤疤，烙印在彼此的心上。每逢路过那条小河，我对它充满恐惧。我十分担心她病情再次复发，曾对妈妈说："要不送您到天津大姐家住一阵日子吧！换换环境有好处！"她不说话，却果断而坚决地把手一摆：不同意。我便再也不提。我知道这是妈妈对我的信赖。我对她说："那您得听我的，还得接着好好吃药！"她点点头。每次吃药，她总是皱着眉头，要喝好多好多的水，那药就是在嗓子眼里转，迟迟才肯下去，那样子让我感到她像个小孩子。人老了，有时跟孩子一个样。

1978年11月，我考入中央戏剧学院。报到日期到了，我拖到最后一天。那天，我很晚才离开家。妈妈不说话，默默看着我收拾被褥、脸盆和书籍。她不大明白戏剧学院是怎么一回事，反正上大学总是件大事，打我小时候起，上大学一直便是她和爸爸唯一的梦。我是吃完晚饭离开家的，她送我到家门口，倚在门旁冲我挥挥手。我驮上行李，骑上自行车便走了。天刚擦黑，新月升起，晚雾飘散，四周朦朦胧胧。风迎面打来，很冷，小刀片般直往脖领里钻。我骑了一会儿，不知是下意识，还是第六感官的提醒，回头看了看，一眼看见妈妈也走出家门和院子，拐到了马路上，向我迈紧了步子。我立刻涌出一股难以言说的感情。我知道，这一夜我住进学院，她将孤零零守着两间小屋，听着冷风像走得太疲倦的旅人一样拍打着门窗，她会是一种什么心情？儿子再次为自己的前程挤上了大学的末班车，妈妈怎么办？我又像十年前为了自己的前程跑到北大荒一样，再次把妈妈甩在一边。只不过那时知识不值钱，这次知识又值了钱，我像被风吹转的陀螺旋转着奔波。妈妈呢？她却一样孤寂地守候着，望着我陀螺般旋转着。这一次，她将要苦苦地等待四年。等待什么？等待的是自己头发更花白、皱纹更深、身体更瘦削。我立刻跳下车，推着自行车向她走去。这一刻，我真想不上什么劳什子大学！她却向我摆着手，不让我折回。我走到她身边，她仍然不停地摆着手。她不说一句话，只是摆着手，那手背像枯树枝在寒冷的晚风中抖动。

到学院报到之后，我在宿舍里安置妥当。我睡在上层铺，天花板是那样近，似乎随时都有压下来的危险。我的心怎么也静不下来，像是被风吹得急速旋转的风车。望着窗外高高的白杨树枝不住地摇动，我知道风越来越大了，便越发睡不安稳，赶紧跳下床跑出宿舍，骑上自行车一路飞快朝家中奔去。当我敲响房门时，听见妈妈叫了声："谁呀？"我应了声："是我。"屋里没开灯，只听见鞋拖地的声音，然后看见妈妈掀开窗帘的一角，露出皱纹密布像核桃皮一样的脸，仔细瞧瞧外面，认准确实是我，才将门打开。这时，我发现门被一根粗大木头死死顶着。这一刻，我真想哭。我知道，她怕。人老了，最怕的是什么？不是吃，不是穿，不是钱，不是病……是孤独。

这一宿，我没有回学院去住，而是和妈妈又守了一夜。我的心再也放不下，那根粗木头像顶在我的胸口上。我经常隔三岔五地从学院跑回家，生怕出什么差错。妈妈看出我的担心，劝我不要这样三天打鱼两天晒网地上课，她说自己没事，让我放心。我知道总是这样的话，我和她都得身心交瘁。我想把她送到天津大姐家，又怕她不去。再说人家也是一大家子人，对妈妈又是陌生的地方，她不愿去是可以理解的。但我实在怕我不在家时出什么意外。犹豫再三，我还是试探着对妈妈讲了。出乎意料的是，她爽快地点点头，就像上次果断地摇头一样。我知道这都是为了我：在母亲的心中，只有儿子的事最重要，尤其是儿子的学业，寄托了她和父亲共同的期望。为了儿子，母亲能够做出一切牺牲。为了儿子，母亲她 75 岁高龄时又开始奔波，客居他方……

小屋锁上了门。我再回家时，小屋里是冰冷，是灰尘，是扑面而来的潮气。只要妈妈在，小屋便绝不是这样，小屋便充满生气、充满温暖、充满家的气息。哪怕我再晚回家，小屋里也总会亮着灯，远远就能望见，它摇曳着橘黄色的灯光，像一颗小小跳跃的心脏……

七

世上有一部书是永远写不完的，那便是母亲。

我不能再写下去了，那些喃喃自语，只能留给自己听，留给母亲听。

四年后大学毕业，到天津去接妈妈，我同妻子做的第一件事是给她老人家买了件毛衣，订了一瓶牛奶。生活不会亏待善良的人，妈妈的病好了，好得那样彻底，以后再也没有犯过，大姐和我们一样为妈妈高兴。虽然她喝牛奶像喝药一样艰难，总嫌它味道太冲，但那牛奶使她脸色渐渐红润、光泽起来。生活，像一只历尽艰辛的小船，重新扬起曾经扑满风雨的风帆，家中重新亮起那盏橘黄色如同心脏跳动着的灯光。

这几年，我能写几本小书了。书里大都写的是像我母亲一样的普通人。我知道这是为他们、为自己，也为母亲。当街坊或朋友指着书上我的名字和照片高兴地向她夸赞或让她辨认时，她会一扬头："这不是复兴嘛!"然后又说："写这些行子有什么用，怪费脑子的，一天一天坐在那儿不动地方地写! 他身子骨还不抵我呢……"

谁能想到呢? 就是这样一个硬朗的身子骨，再没犯过其他什么病的妈妈，竟会突然倒下去，再也没有起来呢。

她已经 86 岁，毕竟上年纪了。她不是铁打的金刚，身体的各个零件一天天老化、磨损。我知道这一天迟早要来，但绝没想到会这样早，这样突然! 头一天，她还把自己所有的衣服洗了，连袜子和脚巾都洗得干干净净，然后拣好新买的小白菜和一捆大葱，傍晚时站在窗前看着孙子练自行车，待我回家时高兴地告诉我："小铁学会骑车了，呼呼地往前骑……"谁会想到呢，这竟会是她留给我最后的话语。第二天傍晚，她却突然倒在床上，任我再怎么呼喊"妈妈"，却再也答应不了……

母亲去世的第二天清早，我走进她的房间，一眼看见床中间放着四个香蕉和红苹果。那是妻子放上的。我不大明白为什么要放上这红苹果，却知道那床再不会有妈妈睡，再不会传来妈妈的鼾声了。我也知道那苹果是前两天我刚刚买来的，新上市的还挂着绿叶，妈妈还来不及尝上一口。我打开她的柜门，看见她的衣服一件件都洗得干干净净，叠得整整齐齐。仿佛她只是出去买菜，只是出一趟远门。她没有给孩子留下一点儿麻烦，哪怕是一件脏衣服、一条脏手绢都没有! 在她人生灯盏的油将要耗尽之时，她想的依然是孩子们！孩子们！什么是母亲？这便是母亲！母亲！

而我们呢？我们做儿女的呢？我们是如何对待自己的父母的呢？尤其是如何对待像母亲一样忠厚、善良、从来不会讲话又从不多讲话的人呢？每个人的内心都是自己灵魂的审判官。我为此常常内疚，常常想起儿时的种种不懂事，少年时的虚荣、看不起母亲，长大成人后只顾奔自己的前程而把老人甩在家中，以及自己的自私和种种闪失……我知道，什么事情都会很快过去，很快被人遗忘。即使鲜血也会被岁月冲洗干净，不留一丝痕迹，在死亡的废墟上会重新长出青草，开出花朵，而忘记以往曾经发生过的一切。我也会吗？会忘记陪我度过 37 个年头，为我们尝尽酸甜苦辣的人生况味的母亲吗？不，我永远不会！我会永远记住她老人家的！

我将那些香蕉、红苹果供奉在她的遗像前，一直没有动，一直到它们全部烂掉。

我的老家在河北沧县东花园村。37 年前，妈妈便是从那来到北京，来到我们身边，把我们抚养成人，与我们相依为命的。在乡亲们的关怀和帮助下，我将她的骨灰连同父亲和我亲娘的一并下葬在家乡的祖辈中间。在坟前，我和弟弟跪在那充满黏性的黄土地上，一起将我们俩合写的一本刚刚出版不久的新书《啊，老三届》点燃。纷飞的纸灰像黑蝴蝶一般在坟前缭绕着、缭绕着……